INK

家住聖·安哈塔村

丘彥明 著

（右）考克區地圖。綠色為馬士河及湖泊，藍線為高速公路，黑白相間的線條為鐵路。紅色「×」標示我們住家的位置。

（左）荷蘭地圖。臨北海。上與北歐隔水相望，東鄰德國，南與比利時接壤。綠色線為河流，馬士河由比利時流入、萊茵河由德國流進，均在荷蘭出海。紅色點是我們住的考克區及聖．安哈塔村，位於荷蘭東部，近德國邊界。

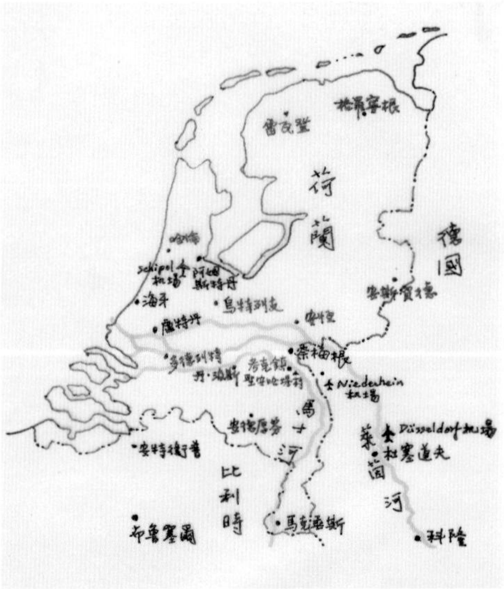

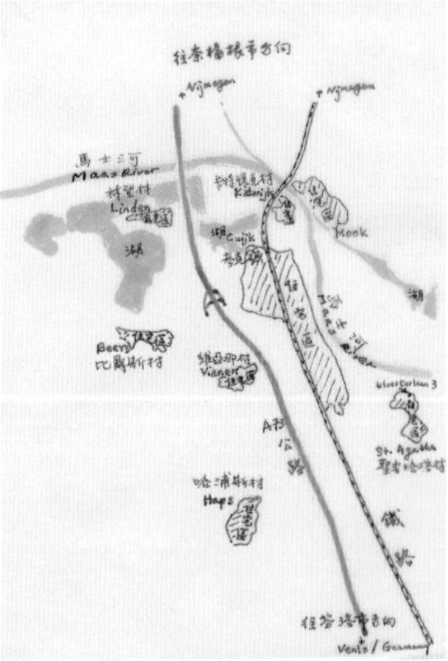

contents

〈序一〉連選個國家都要有荷有蘭

焦雄屏

每年冬天，我像候鳥一樣，又來到荷蘭。

我是參加鹿特丹電影節和柏林電影節。這兩個影展通常間隔五、六天。這個間隔讓歐洲朋友能回家略事休息再出發，而亞洲和美洲的朋友多半是選個城市盡情遊山玩水去也。唯有我，除了一兩次爲拍廣告或去巴黎開會，總是儀式性向丘彥明和唐效報到。十多年來行禮如儀，往往是從馬不停蹄的工作中一抬頭，又是悠悠一年過去，又到了去荷蘭的日子。

「去考克鎮（Cuijk）？」我那荷蘭導演朋友馬特張大了眼睛問我：「那兒有什麼？」這樣的問題我幾乎每年要答幾遍。

有什麼？有朋友，我總是簡短地答。但在心裡這個答案是不簡單的。那兒有的是丘彥明和唐效的家，有丘彥明無盡溫暖的友情，和唐效永恆的笑容和等我去磨練的鬥嘴。那裡有一種我們這種流浪漂泊人口最欠缺的家園，是用心經營，在寧靜平和中反覆咀嚼每一點每一滴的家居趣味。何其有特權，每年，我也能從借來的時間中領取一點他們生活的靜謐。

荷蘭人會過日子，而丘彥明和唐效又特別會過荷蘭日子。荷蘭人十分器重家居觀念，最早發現這個事實的，是吳念眞。有一回我們一個大代表團前往兩個影展，團員中有侯孝賢、朱天文詹宏志、吳念眞，還有謝材俊和侯家千金。我們下了飛機往鹿特丹途中，睜大了眼睛看荷蘭的街道（我怎麼知道以後我會年年都去？），每家都有一面碩大的美麗窗户，辦公樓也不例外。窗明几淨，也都一路透過客廳、餐廳，看盡到後窗後院後景。窗台是展現主人品味、偏好、藝術氣質的房屋小臉孔：有的是大棵大棵怒放的闊葉植物，雄赳赳對稱幾何地挺立著；有的是爭奇鬥艷秀氣娉妍的小花小草，錯綜有致地塡滿窗台；有的配上羅馬式弧形捲簾，有的旁無雜物。這一幅一幅主人的窗台美學，彷彿化好粧爭寵的美人，矗立在街道兩旁等待過往行人的目光。

念眞是我們中間最有荷蘭常識的，他有個被外貿局派駐在海牙的連襟，他也知道荷蘭人的窗户是每家最重要的門面。我猶記得，有一天我們一行在海牙附近不知名的街道隨意而貪婪地邊走邊玩，念眞伸個懶腰大聲感嘆希望能在荷蘭買個這樣的小宅，沒事來歐洲蹲幾天。那時我們每個人似乎都把這個夢小小在心中過濾一遍，有的束之高閣，有的嗤之以鼻，有的只是感嘆一聲罷了。

誰知道這個美麗的夢我竟然得以分享。

丘彥明和唐效從美國工作移回荷蘭那一年，有一天把我從鹿特丹接回他們考克鎮的家，我就自此踏上我每年的荷蘭家居祭。車一停下，第一印象也是他們家那塊面向街道美麗的大窗，還有丘彥明細心呵護，枝枝茂葉豐莖的盆栽。念眞的話湧上心裡，果然果然，是典型的荷蘭家庭。

大窗後面到底那扇幾乎落地的後院大窗更令我著迷。與住宅的大小相比，荷蘭人的窗户都大得不像話。可是不居其間，眞不知它的趣味。我曾坐在窗前沙發上癡看清晨的雪景。從飄舞的絲絲雪絮，薄薄灑鹽地塵落在唐效親手挖的小池塘和周遭的矮樹叢上，然後逐漸轉成鵝毛大雪，簌簌如大雨般地鋪蓋，終於成爲只在小時月曆上看得見的瑞士雪景。這不是一秒二十四格的畫面，而是大自然最布列松式的電影，讓時間靜靜發生：固定的大窗景框，悠悠的時間爬過，景色分秒中變幻萬千，動中有靜，靜中有動。這是唐宅的活動電影。

難怪丘彥明那麼眷戀她的家居生活。她拿繪畫的眼光，親手安排屋中每一寸每一分的視覺景觀。有她手繪的油畫、絲畫，有她細心摘葉澆肥的植物，有他倆旅行四處收來的小玩意，還有唐效安裝拼置的這個那個。他們不但要過一個荷蘭家居生活，而且生活中還要有主人的來歷和傳統，所以東方風味的字畫，滿牆書卷氣的藏書，還有廚房堆滿的南北乾貨，處處展覽著主人的形容詞。

丘彥明的用心過日子，不僅是把屋子弄得視覺趣味盎然，還在於她如此用心的珍惜在那屋子裡發生的一分一秒。在她和唐效的生活裡，幾乎「日日是好日」，丘彥明在屋子四處都佈下大大小小的素描札記簿，你感覺這個人是恨不得把每一刻都收藏起來，都裝進腦中。她可以畫下每一個盆栽中發芽開花葉凋葉落的每個姿態，旁邊還有密密麻麻字跡娟秀的蠅頭小楷，記下她的心情，畫筆捕捉不到的韻味和顏色氣味等。她也記下每道她嘗試燒烹的新食譜，材料做法火侯成敗一應俱全。當然還有男主人品嚐後的評論。在客廳、在浴室、在廁所，你都看得到她這種幸福感的隻字片語。使我這號日子過得糊里糊塗，也不珍藏很多東西的人不免大驚小怪。哇，原來人家這麼過日子，這麼填記憶。

我不用心過日子，難得有好友如斯，願意把他們用心經營的家和用心活的荷蘭日子與我分享。從考克鎮到聖·安哈塔（St. Agatha），丘彥明毫不吝嗇地每年把我帶到她的荷蘭風情中。她領我去超市買菜，布店剪布，在小樹林散步唱歌，在小公園中打乒乓球。我們探訪養蜂農莊買蜂膠和蜂皂，到鄰居畫會中參與素描。她帶我去摸鄰居的大馬，又拔草去餵鴕鳥。有一年，她在鎮中租了個畫室，用力於她巨幅的油畫；有幾年她承租了一個小菜圃，生產各式時令菜蔬。不僅我享用了她的家居情調，有幾年我也毫不客氣地帶了助理和導演們擠進她溫暖的窩中。我們頂著寒風去走兩排風車的著名小孩堤防，也在結冰的湖面上瘋狂穿過蘆葦滑行，務必摔到四腳朝天。也曾高踞在家旁淹水的馬士河畔上，對著一汪黃滾淹沒了對岸的河水興嘆，或者讓我開她的Alfa Romeo（愛快）跑車，時速兩百公里風馳電掣地過邊界到德國喝杯咖啡。更有一回，加入了徐小明夫婦，我們在積雪深重的路邊合力發揮藝術才能，堆起一座美人半身像，惹得旁邊屋主拿出照相機留影，並朝我們豎大拇指。

我在丘彥明家的日子就這麼有滋有味，我們可以即興開車到不知名小鎮冒險，找歷史的古蹟和不同的生活概念，或在某個咖啡屋吹涼風，到某餐廳大啖荷菜，更開心的是和丘彥明胡磨一天做些好菜伺候下班的唐老爺，喝點小酒，說點小笑話，或者磨練當年留學留下的剪髮功夫，拿丘彥明的天然捲髮做實驗。每年，她似乎都可以在家居生活中找出新花樣。去年，是數位照相機，於是，科技取代了她散居各處的札記，每道菜，每棵植物，每個屋內外景觀都成了捕捉對象，然後便是晚上輸入電腦的整理工程。今年，她又把新居樓上的大窗當做了新藝拉瑪體。早晨，端兩杯咖啡，她指著蜷縮在雪地三三兩兩的綿羊述說牠們的習性。一會兒她說：「大雁！大雁！」端起了照相機卡嚓。一會兒：「天鵝天鵝！」一個高倍望遠鏡又出爐了。她好像《後窗》的詹姆斯・史杜華，看出去卻不是浮世繪的後院，而是好一幅超大彩色的寬銀幕大自然。

我享受的家居生活只有冬天，只有丘唐小屋生活的一小部分。不用丘彥明海吹，我也可以想像夏季、春季的美麗。她這個人天生愛美愛花愛草，連選個國家都要叫荷蘭。在我忙碌的都會人生中，能有這個空檔，窺見甚至參與這個田園式生活一滴滴，也算疲憊心靈的休憩站，再背起行囊出發時，總是期待明年的家居祭。

生活藝術家

〈序二〉

羅益強

我非常佩服彥明生活的態度，收到她用電子郵件送來的文稿，列印出來先匆匆很快的看了一遍，接著再逐步仔細的拜讀每一章節，這是一本好書，內容精闢且很眞很實在，給我們很貼近她的朋友能熟悉的看到她的特質。例如她觀鳥不但增添設備還買書對照，感覺她日日都在生活中學習，珍惜身邊每一點一滴的資源並善爲利用，這種生活的態度是值得我們效法的。同時，她能以無比悠閒的心情來享受這美好的一切，我也很高興她以流暢的文筆輔以圖片把如此美景與大家分享，眞希望有一天在美麗的寶島台灣也能過如此神仙般的生活。

我與丘彥明女士結識有一段小插曲，事實上由於我先看了她的上一本書《浮生悠悠》，讓我這學理工的文學門外漢，對她以平實的寫法描述一個家庭主婦在荷蘭生活的點點滴滴，於平凡中享受美好的人生，內心深處大受感動。正巧，二〇〇一年我受邀在國立中山大學管理學院開一門「台灣vs.荷蘭」的課程，當時我邀請了荷蘭貿易暨投資辦事處代表Mr. Siebe K Schuur，分別談論台灣及荷蘭，做一有系統的比較，以期我們有所借鏡。由於我也曾在荷蘭住了四年，非常希望能讓同學們瞭解荷蘭家庭的家居眞實情形，讀了《浮生悠悠》立即託朋友輾轉打聽彥明在荷蘭的住處，親自登門拜訪，並邀請她爲學生講述她在荷蘭生活的親身經驗。那節課眞是精采無比而且很眞很實在。

其實彥明和她夫君唐效先生眞可謂是千里姻緣一線牽，原本各自在台北及四川，卻在歐洲締結良緣。從這本書裡看到唐效雖是學理工的，可是他的文學素養不亞於他的專業，有一雙巧手並輔以深厚的科學基礎，充分運用於生活中；而彥明是文學家、藝術家有源源不絕的好點子。他們兩位眞是生活藝術家，我感覺他們是眞眞實實的享受人生的眞諦。

彥明住考克鎮時我們也曾前去拜訪，欣賞了她書中提及的院子裡的迷你魚池和小小的假山，當時只覺得它給小小的院子增色不少，看了這本書才恍然大悟，他們用心生活於周圍的每件事。他們租賃農園，使用時用心耕耘，退租時細心的移植私有花木、清除雜草；房子退租時彥明費心費力全面徹底清潔，認眞負責的態度讓人敬佩。我對他們愛物惜物勤儉的美德由衷的敬佩，但，他們絕對不會因此而降低生活品質。

記得有一次，我們邀請他們來安多芬家中小聚，她帶來自己種的新鮮蔬菜，專留了嫩葉部分，細心整理過的細嫩香蔥……。第二天我們嘗到了她辛勤耕耘的成果，眞是香嫩可口人間美味，使遠在異鄉的我們享受到一次難得的家鄉味。當然，每次在唐府做客，都能嚐到彥明巧手烹飪的可口菜餚；從書中才看到他們不單單中國菜蔬自給自足，還師法神農氏遍嚐百花，這可得感謝唐效這位會要求的美食專家啦！

由於不論是考克鎮或是他們現居的聖．安哈塔村的房子，我們都有幸拜訪過；現在我又有機會能優先拜讀《家住聖．安哈塔村》，從這本書中我看到兩個年輕人攜手並肩，巧妙的運用有限的資源打造心中的樂園。尤其新買的這房子，彥明女士與唐效兩夫婦，從設計到包出工程後與工程人員的相處及溝通，改變了客户與承包商的關係而變成爲朋友，將難免於工程進行中的修改進行得十分順利。

記得去年秋天我們拜訪他們的新居，一進門經過長廊，左手是客房、右手是廚房，通過長廊右轉是客廳，布置得高雅舒適。那天，彥明準備了自己烘烤的可口糕點，我們四個人天南地北的聊著天，轉頭時不時能看到院子裡的花及各式蔬菜；走進院子裡，對每棵植物她更是如數家珍；遠處的教堂、河堤上吃草的羊，以及馬士河上行走的船……，盡是風光。

美景如畫也得有懂得欣賞的人，荷蘭每個市鎮的公職人員每每絞盡腦汁認眞確實的把大環境弄好，政府站在爲人民服務的角度思考問題：比方彥明家樓上開的大窗户，感覺上與大自然融爲一體了，不但可以將歐洲四季的變化盡收眼底，候鳥、牛群、羊兒等景致更是美不勝收。照規定落地窗是不能開如此低的，但是唐效先生積極訴願並據理力爭，鎮「建築科」斟酌彥明的畫家身分及身高情況，加上他們的專業經驗，並評估實際情況，合情合理的做出決議「特許」了。另外，鄰居並未因此而有所爭論，他們樂觀其成。

彥明夫婦以流利的荷蘭語融入當地社會，並能很快吸收、瞭解當地文化與荷蘭人之思考邏輯，因而他們可全心全意的享受到當地恬靜舒適的生活。看似平淡卻日日有來自大自然的驚喜與驚豔，相信這樣的生活是居住在美麗寶島台灣的我們所嚮往的。

台灣被稱爲「Formosa」是美麗之島的意思。如何使這美麗的寶島成爲人民能安居樂業的寶島，彥明的這本書帶給我們太多太多的深思：只有大自然的美景、物質條件的增加，不足以讓人們的生活更愜意；人際關係、彼此的包容、社會的正義，理性的溝通讓這社會充滿「愛」與「希望」，這才是樂土。

何時在台灣的百姓會如荷蘭一樣，有百分之九十以上的人，認爲自己生活幸福，自己的未來是有希望的？

讓我們共同建立華人在這世界上的安樂土吧！

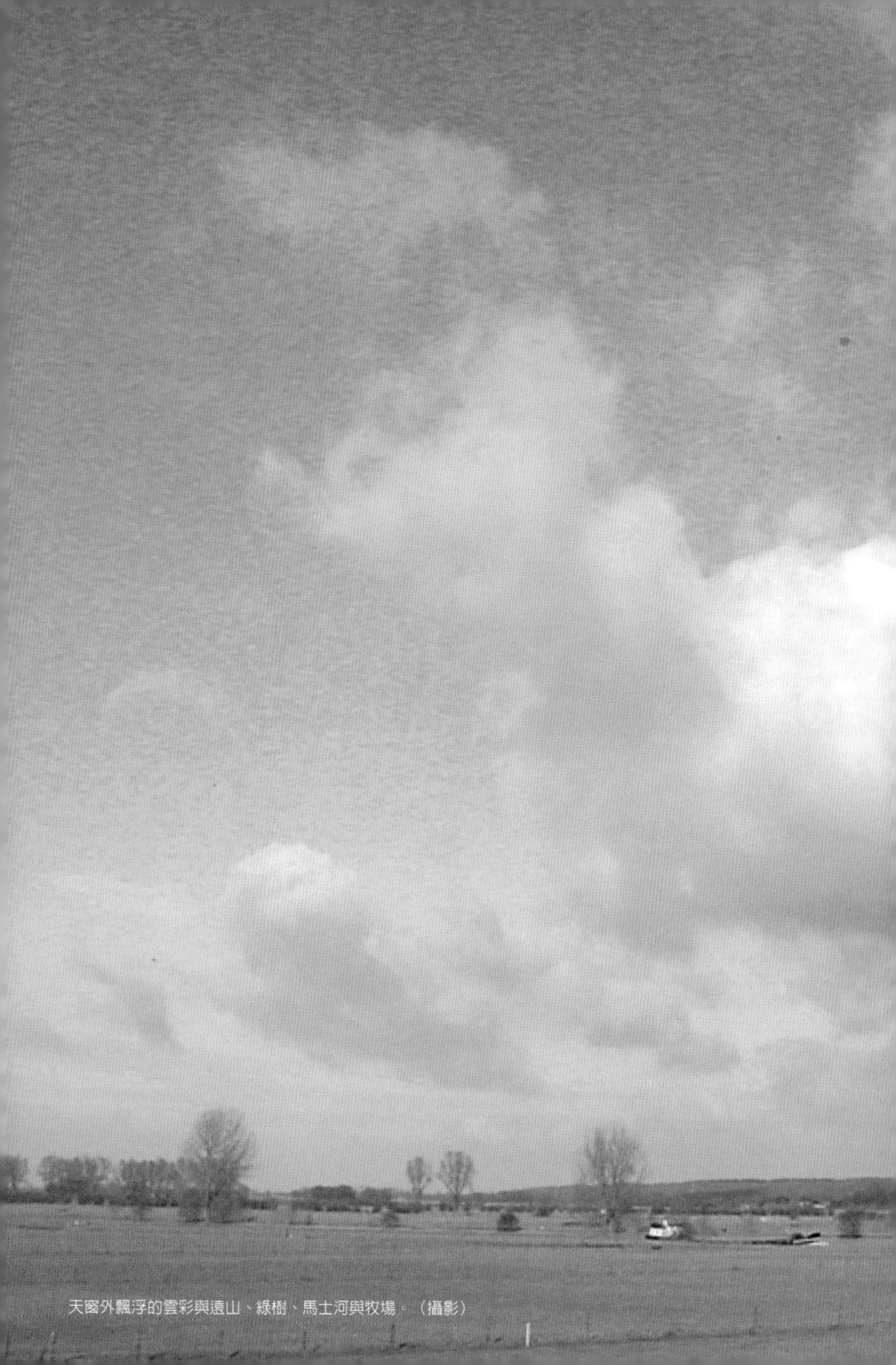

天窗外飄浮的雲彩與遠山、綠樹、馬士河與牧場。（攝影）

聖・安哈塔

窗外下著綿綿不斷的雨，天空一片灰白色，這場雨至少要下個三、四天。這種典型的荷蘭天氣，住了十二年，早已習以爲常。

遠山遠樹、對岸的小村、馬士河（Maas）與河上來往的貨船，在雨霧中朦朦朧朧。近處的牧場，青草被雨水浸透得濕潤油綠，乳牛低頭吃草，偶爾幾隻鳥飛過。這樣的窗景，也習以爲常了。搬到聖・安哈塔村很快已兩年了，每日臨窗，有山有水的風光就在眼前。

聖・安哈塔村，位於荷蘭東部，瀕臨德國邊界，隸屬考克區政府管轄，與考克鎮僅一條大馬路相隔，但卻因這分界，獨立出一個小小的桃花源。

傳說中聖・安哈塔是位西元三世紀時的基督教女聖徒，一位殉教士。出生地一說爲義大利的巴勒摩，一說爲卡塔尼亞。據說，羅馬皇帝戴修斯派任的西西里行政官向其求愛，她斷然拒絕，繼續宣揚基督教義，被判以異教徒罪名，遭受極殘酷的

窗外馬士河對岸，兩株高大的樅樹及樹下紅頂小屋，最叫我迷戀。（水墨畫）

折磨，竟被割下雙乳（後世她的畫像都顯示此種景像），終於受火刑而死。另一流傳，當火柴點燃時，突然發生地震，人們相信乃上天憤怒的預示，堅決要求將她放開。最後死於獄中。

十四世紀初，瀕臨馬士河與密德拉城隔河相對的考克區土地上，興建起了一座「聖・安哈塔教堂」，祈求聖人安哈塔以神力相助，保佑這塊經常遭受水患的土地。

七百年之間，聖・安哈塔教堂在十字軍傳教士的努力經營下，擴展爲「聖・安哈塔修道院」培養修士，租用周圍相當大的農地，並設立拉丁學校，風光一時。幾經戰亂，隨著時代嬗變，如今，聖・安哈塔修道院周圍的租地早已不再，拉丁學校沒了，修士也逐漸零落。不久，這座修道院會被改造成博物館，開放其豐富有價值的古老圖書、資料，供人觀覽考查。聖・安哈塔修道院步入宗教歷史之後，其中往事雲煙，只能待有心人再去緬懷追憶了。

聖・安哈塔村便是依這座修道院而形成的一個僻靜小村，全村不過兩百戶人家，約五百居民，果然雞犬相聞。

平日村子裡，車少人稀，村人相見除了招呼，總要寒暄好一陣子才算盡興。

進村，左手數來第四幢房子就是我們家。雖位於馬路旁，但因路的盡頭是修道院，這條菩提樹的林蔭道路兩邊不過十多戶人家，人來車往更是可數。

可是，周末、暑期與各種國定假日，這份鄉村的安靜裡就會添入一些不同的熱鬧。因爲風景優美，放假的日子總有許多男女老幼或是散步、或是騎著自行車，沿河堤拐進小村，再穿越過村子到附近的自然生態保護區去；也有風光華貴的骨董車隊、雄壯威揚的重型摩托車隊、輕裝矯健的自行車賽車隊倏忽穿梭而過，如同流動的風景，不但不覺吵雜，反給小村多增加了許多生趣。

一般日子裡，最常從我家屋前經過的是迪庸（Dion）、麗特（Riek）夫婦和他們的兩個兒子約昂（Johan）與赫特（Geert）。他們是村裡擁有最多乳牛的農家，牧場就在我們家後面，從堤外一直伸展到河邊，三百公尺長，兩、三公里寬，是一片延綿數十公頃的河灘地。

迪庸夫婦住家在我們房子的斜右前方，彼此隔著豎立基督雕像的小圓環馬路相望。約昂和女友芬珂（Femke）住在我們家斜左後方，以河堤相隔。赫特與女友克拉巧（Klaartje）則是我們右邊平行數過去第二戶的鄰居。布魯克曼（Broekmans）一家

鄰居的乳牛，春天第一次出來在牧場上吃草。（原子筆速寫）

2002年7月10日

三戶鼎足而立。父子三人每日早早晚晚在我的眼皮下來來去去放牧、剪牧草、收牧草、種牧薯、收牧薯、植玉米、割玉米、灑肥、澆水。麗特每日早晚兩次來回幫忙擠牛奶。芬珂常在屋後堤上與我照面，堤上養了幾十隻山羊與綿羊，她每日餵牠們喝水，羊們一見芬珂上堤，大老遠的開始咩咩喊叫奔跑而來。但，克拉巧在屋前的來去卻與農場無關，一日數回遛著她的寵物——小黑狗。

每天傍晚，寂靜的屋內，可以聽見「得！得！得！得！」馬蹄聲自遠而近。我習慣的放下身邊雜事倚窗等待。不久，會見到那兩頰紅蘋果似的長辮子少女，騎在一匹高大俊挺的黑褐色馬上，從門前慢慢踱過。安娜（Anne）知道我總在家等待，經過門前時會自然瞥過臉來相尋，兩人微微一笑，招招手勢。早先，我看著她開始學騎高馬，都是父親騎著自行車，右手拉韁、左手掌車，慢慢牽著走；現在，她獨自俊挺的支使馬匹昂首闊步。望過了她學習騎馬的全程，也望去了她自小女孩蛻變爲少女的光陰。

夏天，陽光好的日子，馬蹄聲帶來的會是一輛馬車，有時安娜坐在車上，父親間或母親駕馭而行；有時女兒持韁，父母並列車座。

（右）馬士河畔迪庸騎自行車持鞭趕牛進柵。（粉彩）

一回安娜周身黑白騎裝，駕著一輛黃褐色橡木製造的古老馬車，前往別村參加盛會。好意讓我坐在紅絨座椅上跟行。馬匹配戴花飾輕巧的走在村道上，我一路耳聽「的噠、的噠」的蹄步聲，混雜馬車鐵皮木輪「咕轤、咕轤」的滾動聲，突然覺得平時開車或騎車的路徑，變得既長又遠。這時，才眞正明白「悠著」這個字眼是什麼樣的節奏了。

安娜擁有四匹馬，兩匹母馬：白可（Wieteke）和小婦人（Vrouwkje），白可屬菲仕蘭種耕地馬，在附近十分稀少。她們懷胎十一個月，各產下一匹小馬：蘿白可（Lobke）是小母馬，雅士（Jatse）是小公馬。小母馬很貼心，老追在母親身邊找奶吃，小公馬老是離群與母親、主人都不親，早早就表現了孤僻的性格。

安娜的馬冬天是穿衣服的，其實馬非常怕熱卻並不怎麼畏寒。安娜告訴我們，冬天馬背上長出的毛粗糙而不光亮，給馬穿衣服是避免牠生冬毛呢！馬的學問還很多，例如：每匹馬的模樣都不相同、一定得讓馬上學，否則牠不懂得踢人的輕重，等等。我喜歡聽安娜的馬經，說馬時，她的臉是發光的，漂亮極了！

菩提樹夾道的修道院路旁除了座落十幾戶人家，中途夾有一座小墓園。村中人

安娜家的小母馬挨著母親吃奶，小公馬不合群走得遠遠的。（針筆畫）

的先祖幾乎都埋葬於此。墓碑總是擦拭得光可鑑人，墓前瓶花的水是清的、花是鮮的。掃墳也是村人個別的例行功課，每周會去祭掃一兩回。對每個碑下的故人，中年以上的村人都能說上一段歷史。如今，墳地葬滿，新近去世的村人只能葬往他處，大家還有許多不捨。小村的人便是如此，經常顯得多情。

步過墓園再往前行幾十步，是個十字路口，右邊的道路兩側都是村中住家；左邊的道路卻先高斜上堤再低下延伸至馬士河畔，這條路被稱爲渡船路，當年河邊設有渡船運輸對岸挖掘出的陶土。如今，對岸不再生產陶土，渡船也就不復存在，只剩下了河畔的幾張椅子可以閒坐，捻起路名緬懷舊往陳事。村人散步、遛狗總要轉過這裡，玩玩水、看看船。外地人則慕名前來附近賞景釣魚。

十字路口直行，修道院位於菩提樹夾道的修道院路盡頭，離家不過兩百公尺遠。一道石頭拱門長年敞開。村裡各種集會及各項選舉就在拱門邊的一間房子裡進行。

修道院內有座精心設計、整理得很美的花園，白天開放供自由參觀。

園內有一株一八七五年迄今的老樹，高聳入雲，枝葉扶疏，樹幹兩人合抱，俗

樹蔭下的母馬和吃奶的小馬。（針筆速寫）

名「鬱金香樹」。葉大如掌，葉緣伸出四只尖角。每年五月底、六月初，開滿千萬朵金紅帶淡青色，形如酒盞的「鬱金香」花。花謝結果形如尖錐，長約六公分；果熟迸裂，變成像十多片薄扇骨圈圍而成的黃褐色杯狀果型，十分奇特。

除了「鬱金香」樹，園內還有各種高大樹木，均有相當樹齡。比較稀奇的是銀杏樹與木梨樹。九月、十月一粒粒皮覆絨毛的木梨果成熟，青黃顏色透著蜜汁的香氣，揀幾粒放在屋內，滿室生香。木梨果肉質地粗硬，不適生食，但以水煮之或蒸熟別有一番綿甜的滋味。

樹木扶疏之間深下兩座池塘，一片池塘佈滿青嫩的浮萍，彷彿綠色的織錦。池畔楊樹、柳樹特別濃密，長時間倚池靜坐，目光隨著樹影在池面的移動，心境越發澄明深邃。另一片池塘種滿睡蓮，夏季粉紅、淡黃的蓮花盛放，遙比莫內的蓮花池，一見它就充滿了青春喜氣的愉悅。

有些長綠小樹夾雜巨樹之間，被修剪出各類形狀，均有匠心。

園內四季均有花，從黃色的迎春花開始，水仙、木蘭花、梨花、蘋果花、鬱金香花、栗子花、玫瑰花、茉莉花、蓮花、菊花、乾燥花、罌粟花及許多不知名的花，隨著十二個月份不停變換的開放，色澤的搭配都曾講究。

木蘭花開的季節，我一日會去修道院花園數回。大木蘭花樹佔地十多平方公尺，枝幹無葉開滿了白中透粉紫色的花朵，臨著地面一直開上天空。仰首，清新的繁花映在青碧無塵的天幕上，那花與天交織出的美麗緊緊糾著心口，叫我迷戀難捨。

園內另有兩處空曠的青草地，放牧著幾頭乳牛，偶爾也會有一兩匹馬奔跑其間。園牆由磚砌成，四百多年歷史令其已然斑駁破損，卻更有年代的風韻，細看牆面，有兩處還鑲嵌了小小的泥塑聖像，也都歷經風霜。

沿著危牆之下一公尺，循季節種植不同的蔬菜：豌豆、青蒜、生菜、包心菜等，順序排列成了一長條菜圃。綠色的菜、紅色的牆，看在我眼中也算一種「怡紅快綠」的景致。

破舊的倉房外緣，交錯攀爬著紫葡萄樹藤與某種不知名的紅色葉藤，葡萄藤下有幾株藍莓與紅莓。隔條小土徑種植了一排梨樹。倉房另一頭是一片各類品種的蘋果園。四、五月梨花、蘋果花開，九、十月梨與蘋果成熟，也都好看。

我家花園中的紅牡丹花。（針筆、彩色筆）

重行步出修道院門外，一片寬闊的牧草地間，闢出一條小徑，只容自行車與行人往來。不知名的樹夾道而植，形成兩道高聳的樹牆，紫褐色的樹葉，在夕陽下泛出奇妙的紫光，小徑被紫光包裹起來，彷佛一條神祕的時光隧道。

小徑銜接小村的另一條主要街道。那條街上住宅較多，還有一座小學、一個網球場、一個足球場，以及一家小咖啡館。

村裡沒有任何商舖，生活日用品都要過到考克鎮上購買。當然，新鮮的牛奶可以在麗特的牧場裡購買，買回來得煮過才能喝。這種沒經特殊分離的牛奶，油質特別高，味道比一般超市所賣的牛奶香甜多了。村內還有一些住家，門口豎著標牌，賣：雞蛋、蜂蜜、時令的新鮮蔬菜、馬鈴薯、草莓、李子、核桃、櫻桃、梨與蘋果，都是各家的收穫，物美價廉。到村人家購買新鮮食物，一定得有「閒情」。想想：豈能付了錢就走人？當然要聊聊天，說上十幾二十分鐘雙方才夠意思。

「S路彎咖啡館」（Cáfe de S-bocht）算是村子中心唯一的店舖了。村裡的人來喝酒、啜飲料、吃蛋糕，聊天，玩飛鏢，舉辦晚會，更重要的是來打撞球。村中足球、網球俱樂部和樂隊會員在這裡聚會。經過村子的遊客，偶爾也停下來到裡面歇

歇。

大型點的鄉際晚會，「S路彎咖啡館」容納不下，便走遠一些，越過汽車大馬路到村子遙遠的另一頭。那兒，農田之間站立了一間有大停車場、大空間的「隆伯克咖啡館」（Café Lombok）。

考克區擁有最大土地面積的村鎮就屬聖・安哈塔村，村中心的四周包括遼廣的牧場與農地。考克鎮南區帕德布魯克（Padbroek）住宅區，原土地所有權也歸隸聖・安哈塔村呢！

「隆伯克咖啡館」孤立在空曠的田野裡，頗有超現實主義的特異風情。

村裡的「S路彎咖啡館」，是村人聚會的好地方。（針筆畫）

每年狂歡節，附近十多個村各自遴選出的王子，率領其部將臣民，身穿傳統服手持禮物前來拜訪，聖．安哈塔村的王子與村人便在「隆伯克」接待，歌舞歡飲，鬧到清晨方才扶醉赴歸。

「S路彎咖啡館」對街是一間廢棄多年的鋼鐵工廠「凱普索」（Kepser）。五十年前「凱普索」從小村起家，二十年後工廠主人賺了錢發了跡，在考克鎮工業區修建了辦公室與廠房，並不斷擴充規模，原來的小村工廠便閒置多年。最近土地賣給了區政府，規劃接下來幾年內興建一批雙拼式住宅。

荷蘭土地變更名目，尤其是農地、工業用地變爲住宅用地，一般多把土地賣給政府，如此，地主便難從土地圖謀暴利。荷蘭政府制定出許多房屋、土地法規，維持社會生活一定的合理程度。

「凱普索」老廠房土地賣給考克區市政府，市政府還要求主人得把地面建築拆撤，把地面清理乾淨才予收購呢！

「凱普索」工廠雖然拆除了，主人的住家則因列爲區政府核定的「歷史紀念屋」保留了下來。這幢老磚房現由主人的妻姊安（Ann）老太太居住。

「S路彎咖啡館」旁邊，安老太太住屋對面的白色房屋是尤瑟娜（Ursula）的家。尤瑟娜坐擁豐富的非洲雕刻收藏，荷蘭美術館常慕名前來借展。尤瑟娜也接受參觀團體解說收藏，另酌收少數材料費供應飲料餐點。她買的奶酪和烤出的香料奶酪蕃茄片，十分饞人。

雖然裝設警報系統，尤瑟娜的收藏品還是失竊過，壞在訪問者的順手牽羊。問她損失慘不慘重？她點點頭說：「可不是，小偷很識貨呢！」

平日尤瑟娜一人在家，丁點大的矮腳花狗相隨作伴。她除了玩賞並做非洲雕刻研究外，多半時間坐在工作室裡串項鍊、手環。牆上釘了上百個小方格，打開來看全是各色各樣的珠子，有趣得很。

「S路彎咖啡館」旁三岔路口，有個小小的神龕。這是村裡有名的「瑪利亞神龕」，小小的瑪利亞像前長年鮮花供養。多年前，瑪利亞像失蹤了，只好另立一個取代。

與「瑪利亞神龕」相距一百公尺，遙遙面對的是我們家斜右前方的耶穌雕像。耶穌身穿長袍，面向瑪利亞雙臂雙手呈一百八十度的伸展。此座石材雕像高一百多

瑪利亞神龕和一片草坪與池塘。村人總在此舉行露天音樂會。（針筆畫）

公分，因位於入村的圓環中心，成爲村子主要地標。耶穌雕像造於一九一九年，不知何時被調皮的年輕人在左手腕部懸掛了一箱啤酒，沒料到酒重把手掛斷了，斷手也不知被弄到什麼地方，不得已重新接了一個新掌，因年代不遠顏色較原石灰白，這尊耶穌雕像看起來就像戴了一只手套。

三岔路，夾著一片草坪與池塘，草坪上堆起一略略隆凸的土台，夏日村內的樂團會在這兒舉行夜間露天音樂會，村人就圍在草地上營火、喝酒、賞樂。

從事戲劇演出工作的米歇爾·蕭（Michael Shaw）就住在草坪對街，搭台演戲最爲方便。米歇爾·蕭劇團兩次到日本參加國際戲劇節演出，對東方藝術充滿好奇，見到我的丈夫效與我，誤以爲是日本人大談日本經驗。難怪，他一家也是村子的新人，早先曾對我們的房子感興趣，唯嫌整修費事遂買了草坪池塘邊的住屋。

村人除了擁有自己的樂隊，還有足球俱樂部、網球俱樂部、讀書會、婦女會，每年選拔狂歡節王子、製作狂歡節遊行花車、舉辦傳統農家婚禮，花樣多極了。

記得我們剛住進村子不久，就收到一張請柬，寫著：「三株老樹即將砍伐，不勝唏噓！讓我們流淚之前，舉行一次晚會，在酒杯交觥之際，懷念過往的歲月。」

家門口斜前方豎立了一座近百年耶穌雕像。（針筆速寫）

這是典型聖·安哈塔村民的熱情。一點點芝麻小事都能借題發揮成為村人的歡慶。節慶裡，我最喜歡看狂歡節花車遊行和傳統農家婚禮。

每年被選中扮演新人的人家，門口會紮起許多白色花環與彩帶。婚禮當天早上，村人男女老幼皆穿上傳統的白棉襯衫，男的著黑長褲、搭黑外套、戴黑色圓邊帽；女的黑長裙，披黑圍巾。腳上一律白襪黃木鞋。他們排成迎親的長隊伍，有的挽著裝滿雞蛋的籃子，有的拎著酒，有的推著裝滿蔬果的單輪車。最特別的是一群小孩排成兩列，抬著一條三公尺長、三十公分寬的木板，上面放了一條剛出爐的長麵包。在馬車的引領下來到新人家。胸前別著花的新郎迎出頭戴花紗的新娘，踏上馬車，吹吹打打在村裡繞了一圈，然後走進修道院廣場，開始跳舞、飲酒，吃喝玩樂直至太陽西下。最近一次的新人是一對老先生與老太太，老先生雖生就矮胖五短身材，卻仰首神氣；老太太高頭大馬，面上塗紅畫藍一臉嬌羞，兩人相依相挽滿溢喜氣。

每逢製作遊行花車，村中負責主持的人家，夜夜燈火輝煌，音樂乍響，有興趣的村人則主動前往，分工合作。

一年一度農家傳統婚禮的遊行隊伍，繞村走一圈。（針筆畫）

狂歡節花車游行，從家門前經過，車上的村人又唱又跳還撒糖果。（攝影）

遊行的日子，馬士河兩岸十來個小村的花車都集到聖・安哈塔村前，各村的村民也扶老攜幼的過來趕熱鬧。平時耕種撒肥的農機車，這時搖身一變成了摩登漂亮的花車。每次我會有新的驚喜，村民們似乎有用不完的想像力，總有出奇佈新的花樣表現。三、四十輛花車在村子裡繞一圈嫌少，便再重繞一次，花車隊伍是各類化裝遊行，沿途又丟糖果又擲彩紙。小孩子爭著搶糖果，我也忘了年齡湊過去。等到滿手滿口袋都是糖，方才覺悟自己的荒唐，趕忙欠欠然把收集來的糖果分散給年幼的童子們。曲終人散，我拿出掃帚慢慢的掃地，把屋前、花園遺落滿地的繽紛彩紙收拾成堆，好似把一日的歡樂又重新聚攏了起來。多開心啊！我笑了。

池塘邊有幾株垂柳，還有彎曲雙腿坐看池水的一座青銅女體。銜接著池塘的是一片沼澤林地。我特別偏愛這片沼澤，沼澤上生長著各種喬木及灌木，因爲是泥沼，無人清理枯木殘枝及落葉，久而久之，傾傾倒倒、疊疊絆絆，再加上雜藤纏繞，越發突顯一種深幽鬼魅、引人遐思的自然情境。

沼澤林地對面有一大片葡萄園，收穫的葡萄製成葡萄酒，在荷蘭業餘葡萄酒製造者中還頗負盛名，曾評選爲第二名。我們曾特別去主人家買來品嘗，果然香醇可口。

一次經過園子，我脫口道：「這酒園……」效打斷我：「什麼酒園，好像酒徒似的。是葡萄園，不是酒園。」我嘻嘻笑過偏不改口。

二〇〇一年時，女主人感慨說：「可惜，聖．安哈塔白葡萄酒不知還能再喝幾年？」男主人去世，女主人年紀也大了，叨念難有精力繼續經營下去呢！前話不久，一次家庭會議，幾個子女居然決心利用業餘把父親的製酒嗜好承繼下去。葡萄園又活了過來，每日大門敞開，人來人往的照管。

連續兩年十月份，配合荷蘭「葡萄酒周」活動，聖．安哈塔葡萄圃擇周日下午開放參觀，人們在葡萄林園散步，專家帶領說明葡萄品種、採收情形與製酒過程，並在草地上飲酒及品嘗葡萄果醬。第一年，村中的人都來捧場熙熙攘攘。第二年，周圍地區的人也聞訊而來，千餘人湧進了村子。聖．安哈塔「太陽谷」白葡萄酒（Zondal）闖出了名號，成爲全荷十八個重要酒窖之一。「太陽谷」白葡萄酒較乾，它的特殊香味則來自一種名爲Schoborg的小葡萄。現在，荷蘭夏天氣溫逐年升高，太陽也好，葡萄酒產業更有了遠景。

對了！還需一提的是「尤斯頓宅第」（Josten）。這是村前擁有年代的百年大豪宅。庭院深深，隱蔽其中的豪華宅第，曾經是市長官邸，幾經易手，如今歸屬尤斯頓先生。

尤斯頓先生是位木製家具設計師，作品曾在荷蘭獲獎。現在他是丹麥木製家具代理。他買下這宅第，一部分布置成爲家居，一部分則做成展覽廳，展覽特殊設計的丹麥家具。我偶爾喜歡去敲門要求參觀，欣賞別致的設計，觸摸好木頭的質感。

二〇〇〇年聖誕節，「尤斯頓宅第」舉辦一次別開生面的家具與繪畫展，提供所有空間讓我把我的絲畫和水墨作品，依我的想法布置在牆面上，與丹麥高級家具呼應，爲期三個月。那段日子，眞愜意，常常跑到宅第裡重複熟悉自己原本只能束之高閣的三十多幅畫作。見到自己每幅畫在充裕的空間下展現風貌，有人欣賞，感動得直落淚。

幾年前我們還在考克鎮租房居住時，進聖．安哈塔村子前道路中途，路邊開起了一家「七矮人煎餅店」（De 7 Dwergen Pannenkoekenhuis）。門口矮牆上以七個彩色矮人雕像裝飾，有些土氣。開張不久有訪客，我便進煎餅店待客。店內木桌木椅木地板倒眞有點森林木屋的氣氛；只是煎餅端上來，嚐了一口鹹得難以入口，只好放棄。從此以後，望之卻步。

買了聖・安哈塔村的住屋，為了整修請裝潢公司老闆前來估價，效說就近在「七矮人煎餅店」便餐，我極力反對。效道：「或許味道改進了呢！」結果，點出的幾客不同口味煎餅仍是難以下嚥。從此，與它成了拒絕往來戶。

住進村子，出出進進見到煎餅店門口老是停滿車輛。有時我在屋前整理花壇，也有汽車停下詢問煎餅店位置。隔壁鄰居好意告知其套餐價廉。終於，忍不住探問一位荷蘭女朋友的意見，她說，「鹹，不會啊！小孩子都喜歡去那兒，後院設計了很大的兒童遊樂園。」回想，荷蘭人確實口味重，餐廳裡不管哪類湯都多了一份鹽巴。

這家煎餅店原本是幢違章餐館，遭到各方議論，幾經折騰終於取得營業執照。好景不長，數月之後一個月黑風高的夜晚，一場火災燒去了煎餅店的廚房和一些設施，只好關門歇業。

直到二○○三年五月，「七矮人煎餅店」恢復營業，再度門庭若市。聽說換了老闆、廚師，但還沒能鼓足勇氣再去嘗試。

其實，屬於村子轄地還有名為「梅斯馬可」（Messemaker）的一片度假中心，包括別墅區、汽車屋區、帳篷區與各種遊樂設施。許多遠地荷蘭人及外國人會來此度假。但村人總好像把這與村中心隔條大馬路的「度假中心」列爲「化外之地」，或許來來去去的遊客不值得放進心裡，能不提就不提了。

這些年，聖・安哈塔村有些大戶村民告老，遷居鎮上較小住宅、公寓或老人院，村內因此注入了許多新血。如今，雖是村莊，農民倒是不多，搬指算算也就十戶左右。住戶除了少數農民，一部分是退休人家，大多數乃附近地區的上班族。年輕的上班族選擇定居村內，與我們有類似的想法，取小村交通便捷，臨近城鎮之地利，享受寬闊的大自然空間。老村民並不排斥外來者，只要參加了狂歡節、打撞球、加入足球俱樂部就是標準的聖・安哈塔人了。

村裡人有一項最普遍的嗜好——自己修建房子。

剛進村，馬路右邊一幢方頂天窗的紅色房子，就是主人自己從挖地基開始搭建起來的。一磚一瓦、一花一樹全經夫婦兩人之手，足足花了十年光陰。等到栽種的櫻桃高及房頂，滿樹結了紅艷艷的櫻桃，他們卻掛出一塊示牌把這幢「建築師設計」的房子賣了，找地蓋另一幢房子去啦！

約昂和芬珂的屋子，也是他們與父母兄弟一起動手興建而成。

葡萄園附近有一幢老農舍，被一對中年夫婦買下，重新整建。去年，我們看著他們在重砌好的外牆上頭，鋪一層厚厚的茅草屋頂。今年，他們把原來的牛廄改頭換面變成一個大的室內游泳池，供他們夫婦及三個兒女嬉水。

總之，走在村裡，隨時可以看到：這家人在院子裡以水泥攪拌機拌水泥建一個新車房；那家人屋頂拆下一整落瓦要開扇天窗；還有人在屋牆邊搭好了鷹架準備油漆……。

幾個月前，一戶人家整建房子時，竟挖到了一片羅馬時代古牆，照片上了報紙。如此，村子與古老歷史的關連又更密切了一些，街頭巷尾傳說的故事也多增了幾樁。

我們家，原本一幢七十年的破舊老屋，效與我將它重新修建成「夢想中的家」，就是我們與村子自然契合的開始。打住進聖・安哈塔村的那一日，我們便已經是開開心心的「鄉下人」了。

(上) 聖・安哈塔的家，冬季在白雪覆蓋下，顯得特別溫馨、寧靜。（攝影）

2003年9月 St. Agatha

找房與租屋

一九九〇年，效在荷蘭中部比爾透芬鎮（Bilthoven）一家國際公司找到一份工程師的職位。有了工作，最緊迫的事就是在附近找房子安家囉！

比爾透芬位於大城烏特列支市（Utrecht）與電視電影城黑弗森市（Hilversum）之間的綠林帶，一向是有錢人的住宅區。效去市政府房屋管理委員會申請租房，辦事員將表格遞給他，笑道：「做好心理準備，至少得等兩年。」

依據荷蘭政府租屋規定：必須與當地經濟發生關係，才能優先租房。而與當地經濟發生關係的租房申請人，又得按照申請時間先後、家庭成員人數、收入高低等等條件，累積點數，排隊分發。

效在比爾透芬鎮工作，我們兩口之家申請政府租房，實在難與有孩子的家庭競爭，何況前面排了長隊，看狀況等待兩年能輪上號，已經要謝天謝地了。

恰巧，公司派遣一位工程師駐守日本，那位工程師位於舒思特鎮（Soest）的住宅及時租給了我們，暫時解決了燃眉之急的住房問題。

但，同事派駐日本僅一年，因此，我們仍得積極處理接下來的住房問題。

舒思特鎮距比爾透芬鎮僅有七公里遠，居住環境也非常好，可惜礙於政策規定，效在舒思特申請政府租房更爲困難。

政府租房輪不到，找私人房產公司租房吧！私人租房不多，選擇性少，且有租期限制，合約嚴苛，租金也較貴。

私人租房分爲不帶家具與帶簡單家具兩類。所謂帶家具者，也就是鋪了地磚、地板或地毯，裝置了窗簾，放了套沙發、一張餐桌幾張椅子。帶家具房子的租金比起不帶家具者要貴上近一倍。倘若包括電視、冰箱與洗衣機，租費就更加可觀了。

以三房兩廳帶院子的房子爲例吧！在九〇年代的荷蘭，公家租房租金大約七、八百荷盾（相當於三百五十歐元左右，折合台幣約一萬元，人民幣約三千元），可是私人租房則需要付一千多荷盾，若帶家具則往往索價到三千多荷蘭盾。

荷蘭是社會福利極好的社會主義國家。對於低收入者、失業者和工傷殘障者，在居住上都有所謂「補貼」的照顧。除了租金最高、面積大體積多帶有車房的寬敞

「Te koop」是荷蘭賣屋的插牌。「Verkocht」是房屋已售的標示。（針筆畫）

租房，低收入者和領失業救濟金者不得承租之外，其餘類型的租房他們都可以獲得租房補助。小一些的租房絕對是有得租的。換句話說，假設是三房兩廳帶院子的六、七百荷盾租房，他們只負擔四、五百荷盾即可。

我們曾有位鄰人，是領失業救濟的荷蘭大漢。而，住我家對門的鄰居是位特別勤快的荷蘭老先生，與兒子們合作經營運輸事業，每日早出晚歸幫開大貨車。

老先生對那荷蘭大漢頗有微言，向我們抱怨：「不工作，還開賓士車。」可不！他的賓士車還做「私下買賣」，接送人去機場、參加宴會、上街購物，賺得的錢還不必上稅呢！看他不必朝九晚五，日子過得逍遙自在，難怪有人要抗議政府的補助政策是「養懶漢」了！

荷蘭朋友曾開玩笑說，失業者比低薪工作者過的生活還好，可以領失業金、住便宜租房、還有時間逛街買各種降價的好東西。

國家社會福利好，主要資源說穿了來自高稅收。

九〇年代荷蘭稅收，從百分之三十七點五到百分之六十。二〇〇〇年之後略爲降低由百分之三十二到百分之五十二，但配偶的免稅額去除，個人的許多減免也沒有了。基本上稅金數額乃換湯不換藥，只有老人和有小孩的家庭才多得一些好處。稅收高，許多人便貸款買房子。因爲房屋貸款的利息可以減稅。

九〇年我初到荷蘭，並不懂什麼稅收與買房減稅的問題。效剛取得博士學位進入公司工作，對於這類事情也是懵懵懂懂。

但是「台灣經驗」，直覺告訴我：租房不易，買房子啊！買房子絕對不會虧本。於是，兩人開始研究薪水、銀行能貸的房款、各銀行的房貸利率等相關問題。當時荷蘭房貸利率非常高，高達貸款金額的百分之九點多。

我們盤算，薪水收入除了支付生活、房貸利息、買車，還要剩餘一些錢來定期存款，以備不時之需；同時還要留出一筆「旅遊基金」，保證喜歡旅行的我們每年能維持一至兩次好吃好住的愉快度假。

衡量過經濟能力之後，效與我去到舒思特鎮中心，比較了幾家房屋中介公司的門面，選擇一家樸實大方透明化的公司，推門走了進去。

一位中年中介，聽說要買房，臉上有點訝異（猜測沒遇過中國人購房的例子），但仍客氣的接待我們。禮貌的詢問效的工作與年薪之後，又試探的問我們有無存款？告以有個幾萬盾長期存款，中介隨即收起懷疑的表情，熱心的告訴我們購房沒有問題，並彼此交換買房的意見。

他介紹了幾幢房子，我們看了並不滿意，不是對環境有意見，就是對房子本身不以爲然。

我偶然看見一幢獨門獨院的屋子插牌子要賣，並不太大，外觀造型特別溫馨親切。請中介約會，他搖頭道：「看也沒用，對你們而言太貴了。」果然，即便最小的獨門獨院房子也要三十多萬荷盾（歐元十五萬以上），價格遠超當年我們經濟的負荷量。

幾經比較研究，經濟能力範圍內，最理想的購房就屬我們暫租的同一類型房屋。

我們的租屋是連幢的三層樓房：面積一百五十平方公尺，前院、房子、後院三等分。房子底層有一工作室和車房；一樓爲客廳與廚房，前後均有陽台，還有半套衛生間；二樓爲兩大一小的臥室和一套衛浴設備。屋頂爲平台，有些人家打建了樓梯加蓋一層房間。房子設計方方正正，布置使用十分方便。

目標明確找房子就容易了。周圍只有我們租房這一片地區蓋有同類型房屋，總共一百多戶。因此，我們每日就在附近轉來轉去觀察賣房。

中國人講究房子的最佳方位是坐北朝南。荷蘭人最關心的反而是院子的方向。房產公司賣屋廣告，凡是朝南的院子，一定加以註明。荷蘭多雨，陽光特別寶貴，何況荷蘭人喜歡養花莳草，夏天喜歡在院子裡閒坐曬太陽，因此「南邊的院子」成了重要的賣點。

效與我並不特別在意房子是否坐北朝南，也不刻意要求院子得在南邊。但，對於中國的「風水」仍然在乎。我們相信，至少房子門口一定要開闊，絕對要避免路衝；房子內部格局要方正、光線要亮敞。這樣人住在裡面才會心情開朗、身體健康。其他，中國風水裡的一些細節，例如不能一進門就見樓梯，錢財容易下坡溜出門，這可不能強求了，因為荷蘭的住房基本上一開門就是樓梯。

當時，區內三、四家房子同時貼出廣告出售。房價差距一、兩萬。舉凡加蓋頂樓、室內裝潢、廚房新舊、暖氣機年代、土地面積、最邊間少一鄰居，都可構成差價。

中介幫忙選中其一，非邊間、頂樓沒加蓋、附帶廚房、內部保養較好的賣房講價，我們全權由他定奪。

一日，效在辦公室接得中介電話，說房價講降了幾千，可不可以？

效反問：「你以為呢？」

他說，差不多。

效道：「那就行。」乾脆極了。

一個月之後，訂下了房子，辦理貸款、尋找代書等手續，凡是中介所說我們全都言聽計從。

在荷蘭買房子，聘請中介，得付房屋買價百分之二的費用。我們沒有經驗，聽憑中介說了算數，也不懂得要求中介為我們做一些爭取「權益」的服務。

例如，事後得知荷蘭有一種「地區優惠保證」，凡是有固定工作者購房，可以獲得貸款減零點二的「地區優惠保證」貸款。中介根本沒有注意為我們申請這種貸款。當效知道時為時已晚，而中介對此並無歉意，僅只輕描淡寫一語帶過：「沒什麼差別。」

（右）舒思特家中的書房兼畫室，有門直通後花園。（針筆畫）

（左）舒思特的家與後花園外一大片公共草地相連樹林。（針筆畫）

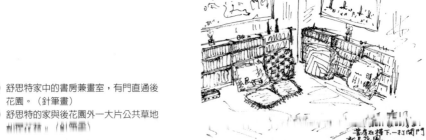

彦昭.

我们第一幢房子 Sodis太的家後面是一片草的樱花林.春天满天满地粉红色的樱花

經一事長一智。從這次買房及與中介的接觸，我們學習了不少功課。也爲將來的「房事」，累積了相當的經驗。這是後話。

三個月後，我們遷入新居。

拿了鑰匙，打開家門，效對我微笑說：「祝賀妳，有了房子。」

我回笑道：「也祝賀你，有了屬於自己的房子和家！」

※

事隔兩年，一九九二年，陪效應徵新工作，第一次來到荷蘭東部的考克鎮。

那是個乾冷的冬日，坐在工業區離他應徵公司幾步之距的咖啡館裡等待，魂不守舍。

前幾日，他咬破嘴與舌頭，整個口腔紅腫潰爛。數天來，僅能喝些流質食物，也難開口言語。偏偏遇到應徵口試，不免擔心。

足足兩個半小時之後，效微笑的站到我面前。說，最初勉強張口講話，還得設法保持從容神態，十分艱難。後來，或許話說多了，口腔血液反而恢復順利循環，竟然也不太疼痛了。

這次是第三度的應徵通關，如此長時間的交談，除了專業的考量，也包括薪資的要求。看來位置到手的希望應有十之八、九。

「走！看房子去。」效精神抖擻的計畫將來了。

考克鎮位於大學城奈梅根市南面十五公里。效曾在奈梅根城住過整整五年，並在那兒取得博士學位。對於該城及周圍環境十分熟悉。但對考克鎮卻無所知。

開著車在小鎮中心及周邊住宅區逛了一圈。所得印象：考克鎮只是個平常小鎮，不搭調的聳立著一座雙尖新哥德式大教堂。相較於當時我們居住的舒思特鎮，座落於荷蘭主要綠化區、文化區內，兩者根本無法對等相比。

「或許，我們可以住在奈梅根（Nijmegen），大學附近環境好。不然，住到赫洛斯貝克鎮（Groesbeek）去也行，那周圍樹林、山坡很美，離考克鎮也不遠。」初識考克鎮，對它興趣缺缺，效如此提出建議。

奈梅根城我也算熟悉，尤其是大學附近，它的人文環境對我具有相當吸引力。

但，對赫洛斯貝克鎮則十分陌生，效特意兜個圈子驅車前往。果然沿途九轉十八拐，山坡道路起起伏伏，加上夾道的林蔭古樹，是個自然風光美麗的小鎮，可是居家過日子卻有些偏遠清冷的感覺。

數天之後接獲消息，效如願得到了德魯克國際公司（Drukker International BV，現易名爲 Element Six BV）研究開發部門的工作。這家公司乃戴比爾思鑽石公司（De Beers）下屬工業部的子公司。搬家成爲定局。

效是個習慣晚睡晏起的人。每天早上得靠一個機械鬧鐘、一個帶延遲按鍵的收音機鬧鐘、外加我這個活動鬧鐘，三催四請才勉強起床。這種生活習性，家居最好選在公司附近，避免早晨需要較長的交通時間。何況坐辦公室者，缺乏運動，如能就近公司而居，騎自行車上班也可藉機鍛練身體。因此，不論人文，也顧不及風景，基於現實考量居住考克鎮還是最符合實際需要的選擇。

賣房、買房都需要時間。一九九三年初，效開始在考克鎮上班，只好暫住奈梅根朋友家，周間及周末返回舒思特住家。

考克鎮的購屋計畫進行並不順利，半年下來，效告饒，謂兩地奔波已達極限。

打聽得考克鎮租房不難，下達最後通牒：「賣屋搬家！賃屋而居。」

這時，我們對於小鎮的地理環境已經了解，同事們都建議效在鎮南租房，因爲鎮北治安較差，鎮中心又幾年無房可租。

效前往考克鎮政府與民間合作的租房公司，申請租房。填寫個人資料，確定工作與地方經濟相關連。另則填寫所需住房的形式：公寓或房子？有無車棚？能夠負擔的租金數額、希望居住的地區等項。

不到一星期，租房公司通知：鎮南帕德布魯克區（Padbroek）有三幢房子任我們挑擇。想想三年多前，在中部的比爾透芬鎮詢問租房至少得排隊兩年，兩者的差異也實在太大了。

租房公司最小的租房是：一室一廳，外加廚房、一套半衛浴設備、閣樓、小後花園與一小小的貯藏室。供單身或是一對老人居住，倒也方便，租金也便宜。

其餘的租房，基本上都擁有客廳、餐廳、廚房、一套半衛浴設備、三個臥室。只是無固定樓梯銜接閣樓，且閣樓空間較矮小，只夠堆放少許雜物。雖配備有後花園、貯藏間，但面積較小，而且沒有車棚。

[illegible]　我們在考克鎮的租房設計出了一個擁有「旭日上升」型的池塘，及繁花似錦的花園。（針筆畫）

我們在考克鎮租房的門前種了一株美麗的黃玫瑰，每年盛開數百朵。（針筆畫）

Cuijk. Padbroek 區內 Kievitsmolt 的租

我們挑選的房型屬租房公司房屋中最寬敞的類別：屋前留有停車空間，屋後闢有花園、貯藏室與車棚。房屋本身包括客廳、餐廳、廚房、三個臥室（兩大一小，主臥室還設置盥洗台）、一套半衛浴設備、設固定樓梯通上閣樓，閣樓空間足夠充做第四間臥室之用。建築體積四百多立方公尺，土地面積大約一百五十平方公尺。

這樣的租房，一九九三年時月租七百多荷盾（相當於三百歐元，東部比中、西部便宜），雖不包括水、電、瓦斯費用，價錢實在不貴。依照規定：房租每年可依通貨膨脹調整，提高百分之二至百分之六不等。公元兩千年，我們租房七年之後，房子月租已近達一千荷盾（約四百四十歐元）了。當然，從另一方面來看，這段期間內效的薪水也提高了約一倍。

荷蘭的官方或半官方租房，房屋內部非常「原型」。除了抽水馬桶、盥洗台、最簡單的淋浴設備，以及廚房流理台之外，空無所有。換句話說，租房得自己刷牆貼壁紙、鋪設地毯、地板或地磚、裝設窗簾等等。

這也算荷蘭租房的一向傳統吧！因爲荷蘭人對於居住環境很有主見，對於住房及家具材料、式樣、顏色的選擇也非常主觀，十分講究個人「格調」。所以，按照規矩，租房公司會要求退租房客把居住期間的室內變動恢復成原狀，除非下一任房客願意接受其所做的變更。

聽說有些來自台灣或大陸的人家，不明白租房規矩，向國內親朋好友抱怨：「荷蘭不單租房破爛，連荷蘭人都小氣。原租房人什麼東西都要賣錢，不買就拆得一絲不留。」殊不知，不拆盡淨是要罰款的呀！

我們的前任房客曾將開放廚房以空心白磚隔成半開放廚房，我們並不欣賞，租房公司便通知他們去除添加的隔牆。他們曾在洗澡間內裝設了個小浴缸，我們看不上，他們也只得拆卸扛走。但，我們對窗戶上裝置的百葉窗有興趣、對後院鋪就的地磚感覺不錯、對車棚加裝兩扇大鐵門增添房屋的安全性也認為重要。租房公司便由著我們與原租戶商議，以很便宜的價格購買下來繼續使用。

只是初次租房，礙於退租一切得「復原」的明文規定，住進房子後頗有束手束腳的拘謹。牆上不敢隨便釘釘子，買地毯、牆紙、窗簾都捨不得講究質量花大錢，生怕退租時還沒住夠本太吃虧。因之，如何以較低廉的費用裝潢出看上去還算具品味的住家，的確煞費心思。

雖然我們的租屋裝潢力求簡約，可是鋪設客廳的地毯，效堅持非購買品質好的地毯不可，而且還要在地毯下添加一層墊氈，增加地毯踩踏的暖度與柔軟感。

「只是租房，爲什麼要多花幾千盾荷幣講究門面？」我根本不以爲然。

「不是講門面。質量不好的地毯踩兩回就不成樣子了。客廳人來人往一定要鋪設顏色、質料都禁得起折騰的地毯，否則過幾個月妳就會後悔，到時再重新更換才眞叫浪費。」聽效說得有理，我雖心痛那筆花銷，還是接受了他的意見。

我們一牆相隔的荷蘭鄰居，住進租房就大動干戈，不論室內與花園一律煥然嶄新，所費不貲。三個月後，工程才告完成，卻購屋搬遷了。接手的一對年輕夫婦（丈夫法國血統，妻子來自印度），樂得照單全收，慶幸自己的好運。

另一位熟識的荷蘭朋友因家庭變故賣屋租房。她嫌租房廚房流理台造型、質料不好，換了自己喜歡的形式。浴室瓷磚全數打掉重貼自己選買的顏色、花樣。完全不考量租房時間的長短。理論是，既然要住，就不能委屈了自己。

與我們租房湊合裝潢的想法相較，這種生活不湊合的態度，在沒有經濟壓力之下，其實很值得學習。從這件事，我體會出了什麼叫做「生活品質」的建立。

在荷蘭，不論向官方或半官方租房公司租房，房客的權益都受到相當的保護。以我們在考克鎮的租房爲例：廚房設備每七年換新一次。我們承租時，廚房已經使用了六年，詢問可否提前更新？回覆可行，略加幾十塊錢即辦。因此，我們搬進租房時，便得到了一組全新的廚櫃與流理台。

安裝廚櫃時，我在一旁觀看，順便要求把掛櫥位置釘低一些。「先生！能不能把掛櫥釘矮一點？我人矮。標準的掛櫥高度，我得站在椅子上才取得到東西呢！」我趁機要求。

安裝的兩名人員，回頭看了看我，彼此商量了一下，隨即把掛櫥高度降低了一些，笑問我：「這樣滿意嗎？」

我比劃了一下，點了點頭。他們便破例爲我釘了一個較其他租房矮十多公分的廚房掛櫥。回想起來，那種靈活變通的服務態度與精神，眞是令人窩心呢！

租房公司設有工程部門，專門負責租屋的維修服務。每年主動定期清洗和檢修每幢租房的熱水器、清掃屋頂堆積的落葉、修剪屋前路邊屋後公園大樹的樹枝，房客根本不必憂心。

另外，工程部會責派專人鑑定，視情況需要粉刷屋外油漆、汰換衛浴設備、暖氣、油煙警報系統、每間臥室配置一個新衣櫃……。

某年某日，接獲通知更換了一扇大門。租房公司主動考慮到舊門沒有上下兩道防盜鎖，不夠安全。

又有一回，明明才換過郵箱，卻通知要派人改裝。理由是，許多租戶抗議：郵箱蓋不緊密。所以，一律重新換裝。

租房發現漏水、漏電等緊急狀況，可二十四小時隨時電話租房公司要求立刻派人修復。如非緊急，每日上午八至十時電話說明，工程部門視實際情形於當日或數日之內派員修整。

租房公司租房並不純粹為賺錢，竟是如此多方面照顧租賃者的權益，讓我大為驚奇與感慨。對我們而言，租屋原是短暫權宜之計，但，租房公司照顧得太好，安逸於妥貼的服務之中，購屋計畫因而一延再延，拖到七年之後才重新再議。

官方或半官方租房公司的租房，只要按規定每月支付租金，完全不必擔心會遭受退租的命運。只要喜歡，租房沒有年限的規定。若租房公司決定賣屋，承租者列位第一優先，房價亦給予優惠，低於一般房屋市場同類型房屋的賣價。若無意購屋，租房公司則另行安排租房以供所需。

我們租房期間，還曾經接獲租房公司幾次通知：他們將在鎮上另蓋新屋出售，凡是該公司租戶有優先權登記購買，並提供優惠價格。我們是長期租戶，得到房子的機率極高。可惜，這些房子雖然價格好、地段好，卻非我們心目中的住家結構。雖然心中明白，先將房子買過來立即轉手賣出，便能賺上一筆錢，依舊放棄權力。這大約是受租房服務長年影響的結果吧！思想上已經認定房屋應該是供給居住需要，而不是用來炒作滿足錢包的物品。

官方或半官方租屋退房手續極爲簡便。決定退租前一個月通知公司即可。

確定二〇〇一年五月十五日爲退屋日後，效於四月十三日上午前去租房公司辦理手續。

我在家中突然接到效來電話：「公司不讓我單獨辦手續。妳能不能立刻帶著妳的證件——駕照或護照，也來租屋公司？」

「爲什麼？」我納悶的問。

「他們規定：夫婦或同居人得一起到場辦理退租手續。否則兩人鬧意見，一人偷偷去退房，另一人住到哪兒去？」效回答。

如此細密周全的考慮，大出我的意料範圍，心中暗暗擊節讚賞，同時以最快速度離家前往。

工作人員客氣的將我們迎入一間辦公室，取出租房檔案，禮貌的詢問退租原因，並徵詢我們租房數年感受的優缺點，以供改進參考。最後，簽名同意退租時，工作人員要求我們按規定恢復租房原狀。說明「房屋復原」檢查合格後，當初租房多付的一個月押金將如數退還，否則依實際狀況扣除罰金。由於我們選擇月中退租，當月租金也只需繳交半個月即可。

簽字退租不過數日，租房公司便先派遣技術鑑定員前來檢查房子了。檢查員仔細的查看房子各個角落，並做筆記。提醒：浴室天花板油漆剝落的修復是我們的權責、淋浴處地磚上的一些白色鈣跡必須清除；其餘，除去牆上幾處掛畫孔必須補平，房屋本身沒有人爲破壞，剩下便是打掃清潔的工作罷了。花園裡，我們挖了個圓形魚池，怎麼辦？還有當年我們從前任租戶處保留下來的車棚鐵門呢？檢查員的

Cuijk Kievitenveld 租房的閣樓，佈置成書房.

結論是，由後任承租者決定去留吧！

我們的租房十分搶手，不過一星期繼任租戶便相約前來看視房子了。

這對中年荷蘭男女各自婚變，急需租房同居。對於房屋的結構與環境十分滿意，可是對我們的老地毯、百葉窗全無興趣。

魚池大約造型優美，新租戶同意保留。很遺憾，他們不喜歡車棚的兩扇大鐵門。這笨重龐大之物的拆卸與搬送，得傷一點腦筋了。後來，幸虧幫助裝潢新家的曹老闆鼎力相助，解決了難題。

租房內的用品、家具搬至新居、

租房閣樓經我們布置成為書房，可躺在沙發上看書，也可靠著椅墊席地而坐。（針筆畫）

地毯拆除丟棄後，離退房日仍有一星期，足夠從容做最後的清理。

效先將浴室天花板剝落的漆刮掉，全面重新油漆，很正規的漆了三回。牆壁上所有釘孔一律抹平。剩餘的清潔工作便屬我的職責範圍。

爲了淋浴地磚的去鈣，特別去超級市場買了專用溶劑處理。另外，每個房間的地面以吸塵器吸淨後，每件櫥櫃、每扇窗框窗台、每扇門、甚至每個開關插座都不放過，一律用肥皀液先擦過再以清水洗淨。廚房油污去除得不見任何一絲髒痕。玻璃窗也拭得明亮照人。

曾聽說，海牙市（Den Haag）附近有租戶退屋時，因清潔做得特別好而得到獎品。環視自己「完美」的清潔成果，遠比住家時還更乾淨鑑人，心想應該足夠獲獎標準吧！可惜考克鎮租房公司沒有頒獎的傳統。但，我們的租房抵押金因此全數得以退回，也算成就。再說，移交給下任租戶一幢窗明几淨的屋子，自覺替中國人爭了臉面，感受挺舒暢哩！

爲了方便下任租房者，我們在整理乾淨後的屋子內，每一層樓都留下了一盞燈，以免他們初來乍到的摸黑。

效對於電路裝配頗有心得，曾親自在租房每個大小房間安接上電話與電視管線與插座，新租戶曾對此表示興趣。想了一想，好意的把各房間電視、電話延長線與插座免費留下來了。

二〇〇一年五月十五日，繳還租房鑰匙，回看居住了七年的租房，真還戀戀不捨。

離開考克鎮帕德布魯克區，我們還忍痛割愛，把前門年年盛開數百朵、清香溢人的黃玫瑰花留下來，讓這幢租房繼續擁有那條街最美的街花。事隔數月，我們特意驅車繞道，探看舊居變成什麼模樣？門口的黃玫瑰已不見蹤影。罷！罷！原不該捨下它，悔之太遲矣！

不久前，效與我在超級市場的「顧客交易廣告欄」上讀到一則廣告：尋找兩室一廳的租房。若有仁人君子代覓得租房，願招待兩次滑翔機飛翔和贈送兩個美味大蛋糕酬謝。廣告上還精心畫了架滑翔機。

閱讀廣告心中一驚：曾幾何時在考克鎮租房也開始艱難起來了？

最近，一位朋友有意在考克鎮賃房居住，前往租房公司洽詢，告知填寫申請表格之後，至少得排隊兩年。附近大城奈梅根市的租房需排隊三年以上。再聽說阿姆斯特丹市（Amsterdam）的租房隊伍已排列長達十年之久。官方與半官方的租房難求，不想自購房產，又不願付高租金求諸於私人租房，他無計可施。

見朋友爲租房問題大傷腦筋，不免回想起一九九〇年，在比爾透芬鎮租房排隊，同樣充滿無助之感。也回想起九三年在考克鎮的租房經驗，那般輕易與愉快。

效說：「等我們老了，爬不動樓梯、清理不動房子時，得搬進老人公寓住，有人照顧才行。現在租房這麼難，看來我們得提前去登記，將來才有機會分配到能看見馬士河景的老人公寓啊！」

「親愛的！未雨綢繆，早二、三十年做老年生涯規畫，也實在眼光太遠了一些吧！」我笑著回答。

（左）夏日夜晚九時三十五分，窗外青藍的天空，逐漸浮現淡紫淺粉的晚霞，色彩溫柔極了。

買房

坐在電腦前。電腦桌正靠著窗戶，略一偏頭往外看，就是一幅典型的村景。此刻正飄著鵝絨毛般的大雪，有些風，雪花便繞著三岔路口那尊伸張雙臂的耶穌基督石雕像，旋轉著、擺盪著，再緩緩飄落。

這幢房子每扇窗，不論前窗、側窗、後窗望出去都各有風景，靜的風景分別有：花、草、樹木、道路、房屋與遠山。動的風景則有：流動的河水、往來的船隻、飄浮的雲朵、吃草的牛、羊、飛翔的雁、鳥、路過的行人、散步的馬和狗，以及汽車與自行車。

能買到這房子，應該是緣分吧！

二〇〇〇年，有一日去考克鎮中心。路過房地產公司，很自然的停在張貼房屋廣告的窗前，閱讀出售房屋的資料，看到了這幢房屋。

那幾年，閱讀售屋廣告已成了生活習慣的一部分。因爲賃屋而居，便可隨時在購屋的夢想中恣意遨翔。

記得一九九〇年在舒思特鎮購屋，容易極了。那時身上沒什麼錢，依靠效有限的固定薪水貸款買房。買了房子之後，方才發現沒有經驗，太過相信房屋中介人還是有些弊病，損失了一些政府所給的購屋利益。

九三年，效可能轉換到考克鎮工作時，我們先在鎮中心前的一家房地產中介公司停下，詢問周圍的房屋訊息。中年微胖的負責人，對我們買屋似乎並不太熱中，給幾幢房子的資料都特別強調：浴室裡裝設了洗屁股的盆子呢！還提醒：「你們一定是住考克鎮吧！應該不會去住小村。小村閉塞，政治理念和宗教信仰很固執，對外來人也十分排斥。」

效確定在考克鎮工作後，我們又到了這家房地產中介公司。這位中介人介紹給我們的仍是高價位房屋，並且再三強調「洗屁股設備」，言下之意似乎沒這裝備房子就不夠檔次與現代化。

基於談話並不愉快，效認爲這些年自己對房屋的研究與了解，可以試著自己找房談判，如此還可以省下聘用中介人的費用——房屋成交價的百分之二，以及避免被

盥洗室鏡子裡反映出的窗景：考克鎮教堂、轉彎的馬士河、草地、牛群、河堤與羊。（原子筆速寫）

窗外天空的晚霞，千變萬化，每天都有不同的震驚。（淡彩畫）

中介人敷衍的損失。

考克鎮上臨近鐵路有幢房子出售，約會進屋參觀。一幢左右均接鄰的兩層房屋。效頗喜歡它方方正正的結構。我因其臨著鐵路，雖說隔了條馬路，但想到每小時有四趟來回的火車，房子總會受震動。主人說，住久了根本不會感覺火車的來去。對方的賣屋中介人則道：「我故意不說。從你們進屋至今已來去了兩班火車，你們感覺到了嗎？」這招賣房技巧倒很厲害。我卻不願生活中那麼明確的事情變得不自覺的痲木。

鎮中心有一幢房子，三家共用一個屋頂，中央的一幢插牌出售。後院特別大，除了花園還有一片四、五百平方公尺的樹林。可惜房子老舊陰暗小了一點，而且沒有車棚或車庫。

鎮北，有一幢平房，屋子呈U字型，中間為草坪。遺憾的是房屋建材不是太

隔壁農家與豢養的乳牛。（鋼筆與淡彩）

好，隔間不夠理想房間不好使用，加上北邊治安較差，也就作罷。

看了許多房屋，總是不如心意，頗爲心灰意冷。效已經開始在新公司上班了，每日三小時以上的來回車程，太過折騰。暫住朋友家，也是打擾別人。

有一天，效滿臉笑意告訴我：「考克鎮南帕德布魯克區有一幢別墅型房子，妳一定會喜歡。」

與賣家的房屋中介人約會參觀房屋。一條僻靜的小路盡頭，一個小小的圓形廣場，周圍座落了幾幢獨門獨院的別墅型平房。準備出售的房屋便是其中之一。

一進門，寬敞的客廳裝設了壁爐，感覺十分溫暖。落地窗外一片開闊的草坪，已經贏得我的歡心。一扇拱門通向廚房，也很亮敞寬大。三個臥室加上衛浴設備，以及貯藏室和可放兩部車的車房，可說是我理想中的房屋。最令人心慰的是它的價格，雖然以我們經濟能力而言，偏高一些，但，平常開銷若計畫一下稍微用緊一點，也能負擔。

我邊看房子邊眉開眼笑，想像日後住在這房子裡，冬天外頭飄著雪，壁爐點燃金黃的火焰。對方房屋中介人親切的對我說：「很好的房子，喜歡是不是？」

我忙笑著點頭：「是啊！眞好的房子，喜歡極了！」效卻面無喜色，表情十分嚴肅，問道：「這房子爲什麼要賣？」

原來是個老太太獨居。去世了，兒女分財產所以出售。

「自然去世的？」效追問。

告以確實老病而死，效才打住這問題。

「夫人很滿意這房子呢！」中介人微笑著對效說道。

效仍是不苟言笑的神態，只道：「這樣吧！先訂下房屋談判權。我找房屋技術鑑定人來查看結構，然後進一步談價錢。」拉著依依不捨的我，向中介人道別。

荷蘭買房有項規矩：訂下房屋談判權，就有優先購屋的權力。其餘對房屋有興趣者，必須依順序排隊等待。所以房屋不會因爲爭購而價格飛高。

一進汽車，效語調略爲無奈的說著：「妳眞孩子氣。表現得那麼興奮，到時我怎麼殺價？」

「你怎麼不早提醒？」我低聲回答，十分氣餒。

效安慰似的握握我的手：「哪想得到妳會那麼沉不住氣呢?!」

一星期後，與房屋技術鑑定專家一起再去看那幢房子。這次我故意略皺著眉頭，安靜的跟隨一旁。

專家報告顯示，房屋結構均無問題，只有屋頂必須花費約一萬多荷盾維修。

原本叫價二十七萬荷盾（相當於現在十二萬二千五百多歐元）的房子，效出價二十四萬，咬住還得花一筆錢整修。幾次談判，最後對方讓步，願意以二十四萬五千荷盾出售，效卻堅持二十四萬不放，談判終告破裂。沒幾日，房子就被別人買走了。

爲了五千荷盾的差價，沒能買到自己理想的房子，我心中一直引以爲憾。再看其他房子，怎麼都不及這幢，更是懊惱。終於沒能買成房子，半年之後只好租房居家。

接下來七年，房價狂漲，當年我們若是買了那幢別墅型平房，房價少說足足漲了一倍以上。

每次我遺憾當年效談判房價過精。他總是淡淡的回道：「沒得到的東西，想起來總是最好的。」嘴巴硬得很。

租屋的前兩年，我們仍積極的尋找售屋資訊，挑選有興趣的房子約會參觀，但都不了了之。

看房子看多了，不免有些厭煩。加上租房公司對租房照顧周到，讓我們住家十分省心。因此，乾脆把買房之事擱置一邊。

自己不買房，倒是看著周圍的朋友紛紛購屋。

效公司的總經理另換新居。把自己理想的住屋條件列出清單，開始找房。看了一百多家，終於找到了合意的住家。這幢房子有空間很大的酒窖供他藏酒。

一位朋友在瓦亨寧根鎮（Wageningen）中心買了幢公寓。因爲他們不喜歡花園工作，喜歡坐酒吧、吃館子、看電影的情調，住熱鬧市區最爲方便不過。

另一家朋友，生有三個孩子，因此選擇房子時，特別考慮臥室間數，以及學區問題。

有長輩自己購地建屋，感嘆問題重重：「唉！難怪大家都說，建房子要蓋到第三幢才不會吃虧上當。」

也有朋友買了具歷史年代的農莊，自己再花時間慢慢的整修。十年下來才裝潢了一半。但是，經過改建的房間果眞令人眼睛一亮。

還有朋友買的是新區的新房子，只要貼壁紙、鋪地就可搬進居住，十分省心。遺憾的是，新區沒什麼大樹，好像少了點文化氣息。

租房兩年後，決定暫時不買房子。自己找了個最好的理由：如果想到別處發展，就不必操心賣屋問題了！雖然我們在舒思特住三年賣房，四天之內就脫了手，還略賺幾萬，那誠屬運氣。按常規，荷蘭買房至少要住上五年才比租房划算。因爲買賣房屋的轉讓稅頗高，而且若是老房屋每年總需花銷一筆維修費，新房子的話布置花園也是很花錢的。再說賣屋，有的是房子半年、一年賣不出去。這些因素大約是荷蘭人長年來不炒作房地產的原故吧！

可是，原本以爲考克鎭只是生命中一段小小的過渡，沒想到卻長住了下來。

二十世紀九〇年代，是荷蘭自十七世紀以來，另一次黃金時代，經濟蓬勃發展。人人腰包豐富就想購置家產。房價竟然今非昔比，跟隨經濟的富裕年年飛漲，幾乎所有的房子一貼告示就被買走，各個城鄉也都爭蓋新屋出售。房價平穩的局面完全守不住了。

我們看著房價心驚肉跳，有點想買房子也買不起的味道了。而租房的租金也逐年提高了許多，薪水拿出一大筆錢付房租而不能退稅，實在不划算。

二〇〇〇年初，在效公司一年一度的晚會，遇到他同辦公室一位女同事的丈夫，談起房價狂飆現象。我感慨：「看來必須等房價跌下，才能考慮購房了。」這位經濟學家立刻反對，「要買房子還是快買吧！房價是不會跌了。而且改換歐元之後，房價怕還升得高呢！」

經濟學家的一番分析，效與我決定重新嚴肅考慮購屋問題。

首先，我們試著與租房公司談判，希望能把租房買下，最爲省錢省事，可惜沒有成功。租房公司只肯成街成排的賣房，不肯單幢出賣，避免管理上的不便。

另行購屋，什麼才是最符合我們家居的房子？

歸納兩人的生活模式，總結：最好是平房，一間大客廳兼書房、一個大廚房再加兩間大臥室及衛浴設備。這樣的空間最能做有效運用。

以我們的租房爲例，客廳擺一組沙發已滿，只能將閣樓布置爲書房。來家的朋友都喜歡那閣樓，認爲滿溢書香極爲溫馨。可是得爬兩層樓梯，利用率就變成很低了。另外，屋內備有三間臥室，平常家中僅效與我兩人，難得遠方來客，也是空間的浪費。

有這樣的認知基礎，購屋方向便明確了。事經多年，我仍不免懷想從前，遺憾只差區區五千荷盾沒買到的別墅型平房：「中介人打電話到辦公室問你的時候，你不要立刻說絕，打個電話回來給我就好了。」效對我念念不忘舊事只有搖頭的分。

有一日，居然等到帕德布魯克區另有幢別墅型平房要出售。趕忙約會參觀。房子不論結構或是花園，全令人滿意。比起早年沒買到的那平房，位置更理想，能使用的室內面積與花園也更大。只是房子屬七〇年代建築，當時流行使用一種新式快乾水泥處理地基，沒料到，後來發現這種材料導致地基產生下陷現象。賣屋中介人誠實的告知這一問題，並估算解決的花費需要四、五萬荷盾左右。

誠實的先主動告知售屋問題，是荷蘭售屋者以及中介人的習慣。這與中國大陸、台灣，建設公司老想著偷工減料只爲賺錢的心態完全不同。更不會像在台灣購買到流沙屋，事後只有自認倒楣的分。

效與我合計，這幢房屋原本的賣價，我們尚可勉強負擔，但加上地基重整的費用，就有點困難了。

這幢屋主請房屋中介公司賣屋時，因爲地基問題，中介公司估價較低。屋主不以爲然，認爲在房屋供不應求、興趣者衆的情況之下，應該可賣出高一些的價錢，便央求中介公司以拍賣方式售屋。

效與我決定參加拍賣，寫下願意和能夠購買的房價，試試運氣。我們所標價格比中介公司估價略高一點。結果，沒成功。得標者以比原估價多百分之十的價錢買走了房子。

接下來看了幾幢房屋都離預想極遠。效宣布，除非眞有購買可能性的房子，他不願再約會看房子了。因此，接下來總是我到房產公司取得資料，回家後與他在飯桌上討論、討論就被否決了。直到獲得聖・安哈塔村修道院路三號房子的資訊。

這幢房屋雖然不是平房，但兩層樓的獨幢房子也還好用，何況房子體積很大，足夠闢出一間畫室。從房產公司櫥窗讀到訊息，我大爲興奮，自己迫不及待，立刻驅車先去查看房子外觀與周圍環境。

房子座落在河堤邊，站在河堤上可以望見一片如茵的牧場與穿流而過的馬士河。考克鎮的教堂尖正在夕陽西下的落點上。

晚餐時，我描述聖．安哈塔村的房子，效邊聽邊讀了資料，說：「好吧！飯後散步，開車繞過去看看，反正不遠。」

兩人開了車去到聖．安哈塔村。房子就在村名標誌後的左邊第四戶，很容易找。效把汽車開上河堤，居高臨下的觀看賣屋，過了一會兒，正二八經的分析：「雖然小村沒什麼車，可是房屋前面緊臨著馬路，後面緊貼著河堤，馬路和河堤把房子夾在中間，不開闊。不好，不必考慮。不必看了。」

「可是，你不覺得風景很棒？離公司也不遠，可以騎車。」我試著說服他約會看房子。

「不行，不行，太壓迫。」效堅持反對，我完全沒戲唱，誰叫他是「一家之主」?!

接連數月，效閱讀房屋廣告，每次說這房子好、那房子好，我看過資料總是很自然的嘆氣：「若這樣的房子也算好，那還不如聖．安哈塔村修道院路那幢房子呢！」

或許我這種不斷重複的回答，效竟聽進了心裡，一日居然自動鬆口：「如果那房子還沒賣掉，我們就約會去看一看。」

「你先入爲主已經覺得那房子不理想，看也白看。」我說大實話。

「說不定我會改變啊！」

「那你去約會，我不管。」心知希望渺茫，效只是照顧我的情緒罷了。因此，把球丟過去，以免結果自討沒趣。

就在這時，聖．安哈塔村另一條街有幢佔地一畝的別墅型房子插牌出售。我們駕車在屋前觀望了一陣，雖然這屋子看不見馬士河，但整個修道院盡收眼底，而且房屋建材堅固美觀，前院開闊，十分氣派。

「這正是我們理想中的住家嘛！」效說，立刻打電話詢問賣家房屋中介。告以售價荷盾一百四十五萬（約六十六萬歐元），比我們的猜測高出一倍價格，效與我聞之目瞪口呆，不敢再做他想。

二〇〇〇年十一月，第一次踏入聖．安哈塔村修道院路三號，眼睛在客廳轉一

画室東边窗景

圈，我對這房子尚存的一點點幻想頓時破滅了。

雖然女主人把房子收拾得一塵不染，可是七十年的老屋畢竟有了年歲，顯得陳舊不堪。何況看得出主人眞是簡樸持家的老實人，一切裝修因陋就簡。一幢大房子仍沿用早先設在樓下一間小小的廁所及簡單的淋浴。樓梯狹窄陡聳不說且搖搖晃晃。樓上以三夾板隔出四間臥室，除了主臥室大些，其他都很小，只容得下一張單人床及一個衣櫃。天花板很低，效一百七十七公分的身高必須略略低頭走動才不至於撞到橫梁。地毯的老舊加上顏色的黯淡，讓空間更顯得壓抑和陰晦。

走進面臨河堤的小臥室，一扇打開的小窗，效與我就著窗台望出去，牛、羊、牧草、河流、船舶、近樹、遠山，盡收眼底，好一幅美麗的荷蘭風景。感覺身邊的效吸了口大氣，我心中不免嘆息，這房子竟辜負了如此風光。

房子的面積與體積都相當大，可是主人只利用了一半做爲家居生活的空間，另外一半成了堆棧，十分可惜。

「我們把房子買了！」晚餐桌上效的眼睛閃著興奮的光芒說道。

我登時一驚，飯碗差點從手中跌落：「房子那麼破。你不是說，房子被河堤和

（右）畫室東面有兩扇小窗，可以低頭俯看花園，也可望見河堤與村路底的聖・安哈塔修道院。
（針筆、淡彩）

馬路夾住風水不好？」

「想法可以改變，」效接道：「窗戶看出去風景之漂亮，哪裡找這麼好的風景？再說，二樓看出去的開闊就把河堤與馬路的包夾突破了。房子破，好處是修動不會覺得可惜。學我同事自己慢慢整修就是了。何況『破』，才好把買價壓低。」他狡猾極了，根本不回應風水問題，理論還一套接一套。我著實迷糊了，就那麼一扇窗的風景，可以讓一位「科學家」完全失去了理智？

莉亞（Ria）是我一起游泳的好朋友，她的住房是聖・安哈塔村進村左邊第一戶。

當她及其兒女聽說我們有意購買與她隔鄰兩家的房子時，第一反應：「那家土地面積小了點吧！我們緊隔壁的鄰居也要賣房，地面要大一些呢！」我們恍然，所謂城鄉差異此爲其一，住慣鄉村的人，提到房子講究的是土地面積，城市中人更在乎的則是房屋內的體積。

效打趣的對莉亞講：「不敢買妳隔壁的房子。耶穌雕像的右手指正指著，天天責備我不上教堂，壓力太大。」其實是嫌房子體積不大，臨堤牆面又沒有窗戶，看

進入聖・安哈塔村後的三岔路，中央豎立著一座耶穌雕像，照看[illegible]的村民與路上。（針筆畫）

不見風景。

「那買我的房子吧！過幾個月我可能得賣房子呢！」她家房子修築得牢固美觀，爲了風景，臨堤的那面都是窗戶。她說，天空清朗時，從頂樓環看四周可以望見七座教堂尖。

「能買妳的房子當然好，可是妳的房子太貴買不起。」我遺憾的回答。一百萬荷盾的高級住宅，實非能力所及。

「妳不是剛出了書嗎？」

「可惜我的書根本賺不了錢。要能賺錢就好了。」我忍不住大笑。

接下來數日，整個局勢改觀。效不斷試圖說服我同意購買聖・安哈塔村修道院路三號的房子，我只是嘆氣不肯鬆口：「我當然喜歡那房子的風景。如果今天這房子是在台灣或大陸，二句話不說，我一定馬上贊同把它買下來。可是，今天我們住在荷蘭，找工人修房不容易，工錢又貴，我們不一定負擔得起。自己修，許多房屋結構問題不是我們兩個人能解決。找朋友幫忙，中國朋友都是書生不會動手，荷蘭朋友會做的忙自己的房子還忙不完，哪有時間再來管我們？」

「如果這幢房子不買，再也買不到房子了！」效對這幢「破」房子的痴心，著實到了叫我吃驚不已的地步。

當對方房屋中介詢問效的意思時，效從容道：「這房子太老舊了，如果四十八萬荷盾肯賣，我們可以考慮。」我在一旁聽著嚇了一跳，這幾年荷蘭經濟奇蹟，房子賣得好，差不多都是一分錢不降的出手。訂價五十五萬九千盾（約二十五萬四千歐元）的房子，效如此狠心殺價！主人會是什麼反應？

果然，第二日房屋中介回電話，房主很生氣認爲我們沒有誠意購屋，不想與我們談判。中介人勸服他們說，看我們倒是誠懇有心的人，不急著拒絕，再試談一次看看。

「這樣子，我們找位房屋技術鑑定專家來評估。如果房子重要結構體沒問題，我們就和房主議價。」效誠心說道。因此，對方同意爲我們保留兩星期第一優先的房屋談判權。

房屋技術鑑定專家花了一天時間仔細看了房子，報告很快出來了。證實房子分兩個時期修建，目前房主住家部分是一九三〇年建築，堆棧部分則爲一九四五年建築。

專家與效、我站在對街望著房子。專家分析：「房子基本結構不錯。右邊與一號房子隔一車道的外牆有些剝損鬆動，必須重新抹灰。房內木頭少數被蟲蛀，必須找人除蟲。」他估算了一下，如果只是修整房子結構上的問題，應該花一萬七千荷盾可以解決；但，要把房子重修成很舒適很好用的空間，大約要花個十七、八萬荷盾左右。

「其實你們把房子買下，對中隔半賣給別人，把那筆錢拿來修房不是兩全其美？」專家倒很會替我們打經濟算盤，殊不知我們就希望擁有個大空間。

專家的鑑定報告更堅定了效購屋的決心，我則是憂心忡忡猶疑不決，夜夜輾轉難眠。一方面希望效價錢談判失利，去除將來修屋的夢魘；另一方面又希望效的壓價獲得成功，以我們有限的能力買到一幢大房子。

這時賣方中介告訴我們，屋主願意以五十四萬五千荷盾的價格把房子賣給我們，低了就不談了。

當晚，效與我拿著計算機討論盤算了許久，決定我們願意負擔的買價不超過五十二萬。但，爲了談判的伸縮性，提出五十萬八千的數字。隨即電覆中介，效說得很客氣：「我們能變動的數字很小，您也知道房子需要整修，那錢也得計算在內。」

「我會轉達你們的意思，」中介人略一停頓，竟加問：「如果明年二月十五日交屋，可能嗎？」

效立刻回答，我們是租房，隨時搬家不成問題。

這日是二〇〇〇年十一月二十一日，房屋中介人這句話大有學問。事實上，據我們的可靠消息，屋主已另購了房屋，十二月得遷居考克鎮，可見他們也希望聖．安哈塔村的房子早日脫手，以免夜長夢多。房子張貼出售標牌大約已有半年，詢問者稀，他們可能有些心焦。看來，我們的出價策略還有戲唱。

次日，中介人給效電話，告以房主願意讓步將房價降至五十三萬。

效堅持我們可以增加的房價已經很有限。中介人明白效的意思，透露一個可能的底價，說，如果我們眞能二月十五日把房子買下的話，他猜想或許我們出五十二萬或五十一萬五千可以成交。

放下電話，效面帶勝利的微笑對我說道：「買房子有希望了。怎麼樣？出價五十一萬六千荷盾買吧！」

「中介人講五十一萬五千元可能買到，我們就出五十一萬五千元，為什麼要出價五十一萬六千元？」我不敢置信的問他。心想，這人是否被虛無的「勝利感」沖昏了頭?!

「五十一萬六千元好記啊！五月十六日是我生日。我生日買到房子，感覺多好。」

天哪！這是哪門子理論？「不行，就是出五十一萬五千元。」我急了。

「不！我要出五十一萬六千。我要在房子裡出生。」效很當回事的堅持。

我白他一眼：「先生，五十一萬五千，早一天先買好房子，住進去再出生免得匆匆忙忙，不更好？」嘴上明明是嚴肅又平靜的語氣，心中實在好笑，我怎麼眞會嫁這麼一個無世俗金錢理念的單純可愛丈夫？如此一想，一千元縱非一筆小數，若買他一生歡喜又有何不可？於是雖然嘴上不允，心中已然無可無不可了。

晚上，兩人躺在床上猜想，爲什麼房價會出現如此轉折？除卻屋主已另購屋的壓力之外，可能村裡人言人語也是另一種壓力。根據我們的打探，幾十年來，屋主除了去年重做了花園外，這幢房子本身內外沒做什麼特殊裝潢，因此村人頗有閒話，議論他們賣屋價格開得過高。

這次，效不提價了。他對房屋中介人說：「我們想再去看一次房子，而且找一位專家朋友同行，再做最後決定。」

十一月二十五日上午九時，我們與好友漢斯（Hans van de veen）一起到了聖·安哈塔村修道院路三號。

爲了這次「決定性」的看房，效還特別事先走訪了市政府建築科詢問房屋後牆打天窗的問題。

承辦員問效：「是你的房子？」

「不是。」效誠實應答。

「不是你的房子，爲什麼問？」說罷，自言自語笑說：「不過，當然可以替旁人詢問。」隨後解釋，一般而言後面開窗沒問題，建築科每兩星期開一次會，審查申請案件，批准與否很快可見眞章。

因見效對開窗戶事看待細密認眞，遂好心提醒：「先生！你得弄清楚，你是買

窗景。馬士河的兩岸和遠處密德拉村的景子（鋼筆速寫）

房子，不是買窗戶。」

辦事員殊不知我們買這房子就爲了要打扇大窗看風景。若不能開窗，就不折騰買一幢需大費心思、精力去修整的房子了。

漢斯是我們的藝術家朋友，住家是一幢具年代的豪宅，長年經驗累積的結果，他很懂房子。爲我們鑑定房子，他很仔細的叩牆、敲窗櫺，屋子裡每個房間的細部都不放過。長時間的看房，讓坐在廚房裡的房主伯賀斯夫婦（Burgers）有點坐立不安了。

終於，賣方沉不住氣了，讓中介人拉住效主動提出，只要同意二〇〇一年二月十五日交屋，願意五十一萬荷盾把房子賣給我們。

沒料到又主動降了五千元，效與我聽了心中竊喜。

效問我如何？全權由我決定。

我轉頭笑對漢斯道：「我信任你，你說了算數。」

「房子這麼大的事，我可不能做主。」漢斯是位嚴謹的紳士，趕忙表態。

我笑得更燦爛了，朝伯賀斯夫婦點了點頭。老夫婦緊繃著的臉上肌肉頓時鬆弛下來，歡喜的也笑了。中介人向我們兩家賀喜，我們也彼此握手相慶。伯賀斯太太激動得眼淚直在眼眶中打轉，使勁拉著我的手不放：「我們眞捨不得這房子啊！住了四十五年，孩子、孫子都在這裡長大。可是我們老了，大房子整理不動，只得搬小一點的屋子住。」

我拍拍她的肩，擁抱著激動的婦人，安慰說：「想念這屋子的話，隨時歡迎你們回來坐坐啊！」

漢斯的夫人荷妮（Gonnie）聽說我們已訂下房子，立刻買蛋糕慶賀。

租屋七年之後，終於再度買房。效最爲得意了，認爲出價策略完全成功，證明他具有智慧謀略與談判的能力，可說是他人生中光輝燦爛的另一頁歷史。

（左）春天，花園裡的玫瑰、罌粟、夜來香、瑪格麗特、薰衣草花都盛開了，映著天藍色油漆的門框、窗框，色彩清新愉悅。（攝影）

房屋設計師

「恭喜你們買了個大玩具。」朋友在電話中向我們道喜。

可不是嘛！買下一幢七十年歷史的老房，格局材料老舊不堪，該修該拆該如何重新布局，眞是有得玩呢！

其實還沒買下聖．安哈塔村修道院路三號房屋之前，第一次踏入房子參觀之後，那天晚上效就把房產公司提供的房屋平面結構圖平攤在桌上，興奮的問我：「妳想這房子的內部怎麼改動比較好用？」

當時，覺得效眞會開玩笑。第一，我們根本還沒討論是不是眞要買這幢房子？第二，房子買不買得起？如買得起，修不修得起？仍是未知數。再說，看過房子內部的老舊及不合時宜的結構後，我差不多已經準備打退堂鼓，不願再想買這房子的事了，怎麼可能多花心神思考修改房子的事情？

沒料到效對這老屋居然情有獨鍾，不斷努力遊說我。搞了半天方才明白他看中這幢房子，不單是爲了那遼闊美麗的窗景，還因爲房子內部特別高。

「你沒搞錯？樓上的梁柱那麼低，一不小心就會撞到你的腦袋，還說它高，感覺舒服？」我不懂效怎麼想的。

「妳沒注意嗎？這三、四十年來蓋的房子天花板都很低，非常壓抑。這幢老房子，樓下天花板特別高，大約要比現在一般房子高個三、四十公分。樓上低矮是加了閣樓的緣故，把閣樓拆了，房頂也就高了。」效耐心的解釋。

現在房子的高度對我而言，根本沒有什麼壓抑的影響。再說明白一些，我個子矮，根本沒想過房子天花板高低的問題。效的考量提醒了我，原來人的高矮與住屋有另一種關連性存在。

懂了效中意聖・安哈塔老屋的原因，卻仍不能體會他繪圖修改房屋內外的熱情。房子談判八字還沒一撇，他已經不知做了多少紙上作業，每晚在飯桌上建構夢想中的家園。每回他詢問我的意見，雖然對於這種未雨綢繆的事我並不以爲然，但不願拂了他辛苦上班一日之後的好興致，也就出出主意並批評他設計的好壞。有時，望著他拿著尺、筆在紙上塗塗改改的認眞神情，不免想：這個人怎麼可能是個

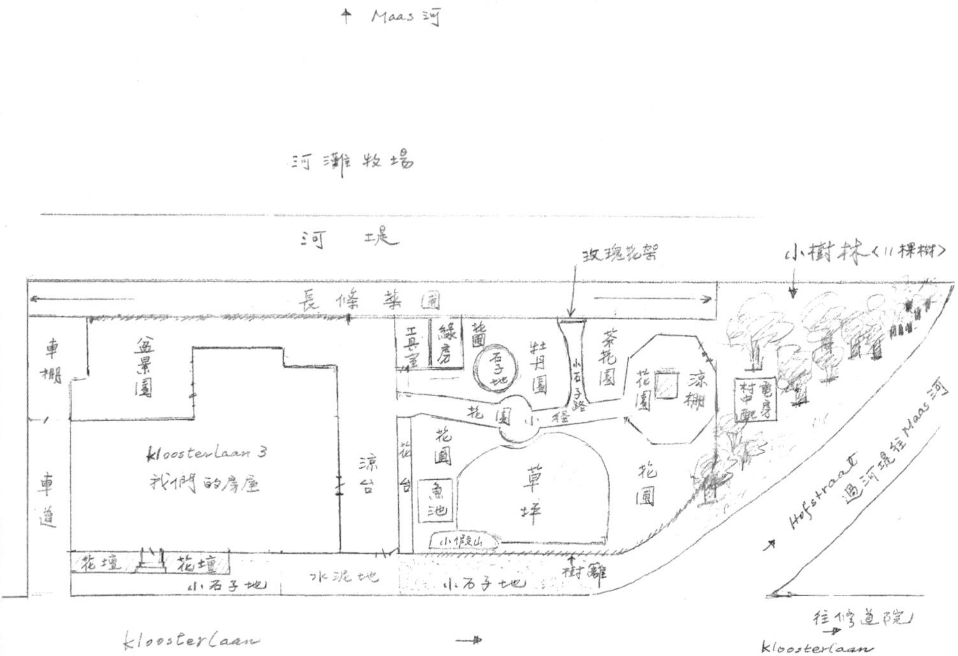

我們在亞 史哈塔村家的房子與花園方位圖。（劉華手繪）

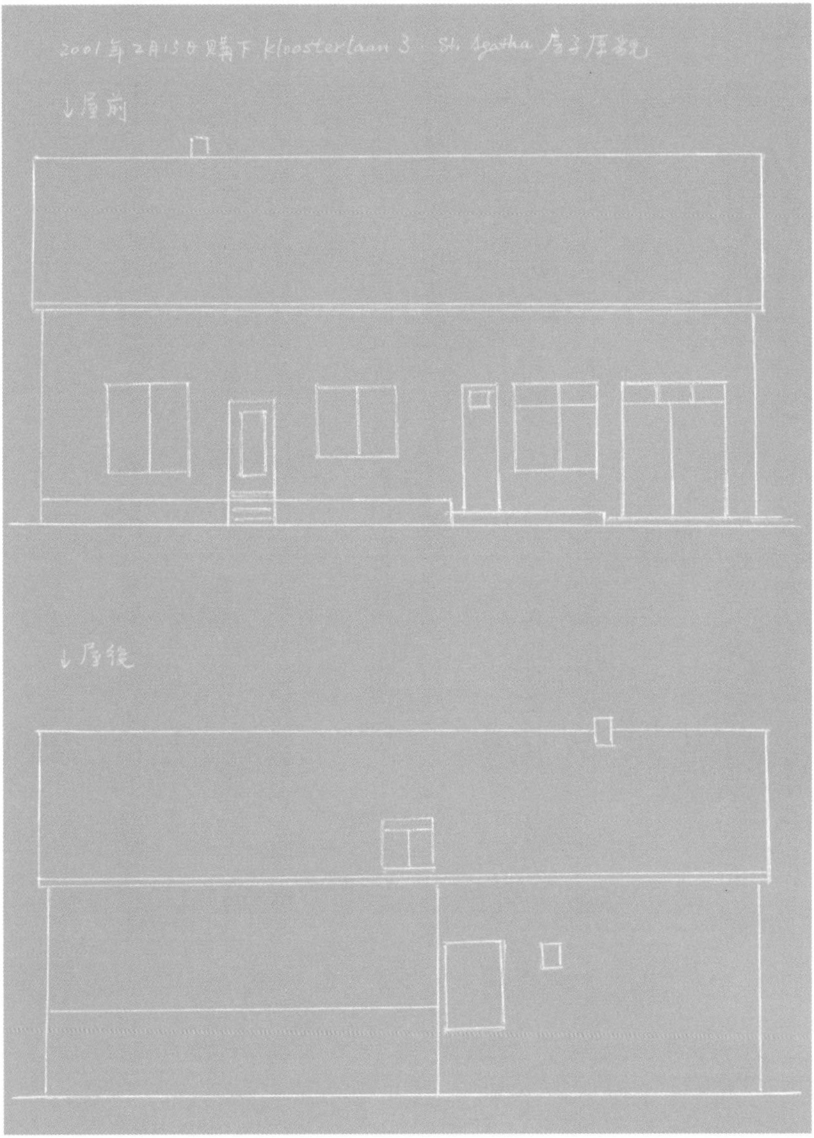

聖・安哈塔住家整修前的原貌。（針筆手繪）

科學家？一點也不理性，比我這搞文學、藝術的人還要感性好幾倍，還更理想主義。

二〇〇〇年十一月二十五日，當我們與伯賀斯夫婦在房價角力達成協議之後，買屋已成定局，房子的修整自然是指日可待的重要工程了。從那一刻起，我才積極投入效的房屋設計規畫之中。

分析原來的房屋：面屋而立，最左邊爲車道與設有拉門的車棚，中間爲住屋，屋前置有兩塊花壇，屋後與車棚之間尙有一片鋪磚空地，右邊爲花園及一個小雞棚。

車棚維持原狀，不需處理。花園勢必挖一個魚池來豢養原本飼養的魚兒們；另外，牡丹、芍藥、茶花、葡萄等植物都得遷移過來，庭園的規畫與內容十分明確，不難定案。問題最麻煩的就屬房子本身了。

打屋前望過去，這房屋一點也不像單戶人家的住宅，因爲開了三道門：兩扇一般進出的大門，一扇對襟而開的車庫大木門，讓一幢房子看上去彷彿兩戶銜接一起的住家似的。其實原主人平時只使用花壇間鋪設有台階的那扇大門，另兩扇門均封死不用；倒是另外在朝向花園的牆面，開了一道側門，平時家人、鄰居來來往往，幾乎都是使用這道側門。

進屋，一條一公尺多寬的門廊，左邊爲客廳，放置沙發、電視。廳內另有兩扇拉門，打開拉門，裡面擺了張桌子與一個骨董櫃，看不出主人平常拿這空間做何用途？右邊是廚房，亮敞溫暖，除了廚房設備之外，中間還放置了一張餐桌。廚房右後方一扇門邁出去的空間，分別有：一小間廁所兼淋浴、通往地下室的一道門、上樓的樓梯、踏入修車間與休閒工作室的門。臨近修車間門畔開了一扇窗，通過玻璃窗可以看見河堤及天空下遠遠的考克鎮新哥德式大教堂。休閒工作室地面比廚房、客廳這邊的地面低下約二十公分，必須小心腳步以免摔跤。休閒工作室又接一堆棧房，也就是擁有大木門和通往花園側門的空間（第一任屋主的車庫），它的地面又比休閒工作室地面再低下十五公分左右。這房間備有電及瓦斯總開關、一盥洗台和通向樓上大貯藏室的一架活動樓梯。樓上大貯藏室非常寬大，竟有近五十平方公尺面積，面對花園方向開設兩個小窗，左後方近牆處裝置了熱水器。樓下修車間的地面也比廚房、客廳低些，得下兩層樓梯，兩側均有對開的大門，分別與車棚與花園相通，寬度足夠汽車駛入停放。由於是修車間，特意修築了一個低於地面兩公尺的汽車底盤檢修車床。效特別喜歡這個空間，說退休之後要弄一輛骨董車來自己修復。主人還在修車間上方裝了一組滑軌及滑輪，後來效利用它們吊掛自行車，便可站著修理損壞的自行車，既方便又省力。冬天，還拿它們吊掛自製的臘肉與醬肉，實用極了。地下室與廚房同大，就位於廚房的正下方。地下室的迷人在於它的冬暖夏涼，做爲酒窖最適合不過，愛品紅白葡萄酒的朋友最羨慕我們能擁有地下室貯酒了。

上樓，四間臥室，一大三小。有一活動扶梯可爬上閣樓，閣樓面積與樓上總面積相同，實在是大，只是必須弓著身子方能走動。平時主人只是拿它做爲貯藏空間罷了。休閒工作室與堆棧房上方的貯藏室，雖與臥室同屬樓上的空間，但因修建年代不同，中間隔牆沒有設門，兩邊無法相通，所以上臥室得從廚房後面的樓梯登上，而樓上貯藏間則由堆棧房扶梯而上，十分不便。

這樣一幢老屋的格局，實在不符現代居住標準。不論如何，改建是遲早的事。「房屋的動線、走向一定要合邏輯。」我們聘請的房屋鑑定專家，擁有一個私人裝潢公司，他這句話言簡意賅一直讓我們受益無窮。所以，當我們思考房子的修建時，隨時都把「合邏輯」放在最重要的位置。

房屋鑑定專家爲我們畫了一份圖，估計要花二十萬荷盾來重整房子。他的設計我們嫌太過中規中矩。何況五十一萬買一幢房子，外加各種手續費用，實際支付已達五十六萬，倘若再加二十萬盾整修，超出預算過遠，負擔太重，承受不起。於是，我們請他分開單項列價，以便考慮整修的前後順序，以及分析是否部分可以自己動手，省些工錢。

從漢斯處，我們學習到了荷蘭住房設計的一些規矩。房屋進門一定要有一個門廳，緣起於荷蘭冬天寒冷，這樣冷空氣不致跑進太多。一幢大房子自然需要一個大一點的門廳，否則不相匹配。另外，廁所門不能開在客廳或是廚房裡，這也是不成文的習慣。

買房子的過程中，發現原主人雖然設有客廳，但每次見他們總是坐在廚房裡，後來與我們談判、簽約也都在廚房餐桌上進行。時值冬日，陽光透過明亮的玻璃窗射進廚房，的確暖洋洋的非常舒服。效因此提議，房屋空間怎麼變都可以，不要存任何拘束，唯獨廚房既然感覺好就不要改動它。

兩人統合了對於房子空間的想法：樓下當然是要有客廳與廚房。樓梯太窄太陡，一定要改寬大且改平穩一些。樓上應該將閣樓拆除，把梁柱提高以免打頭。樓上不相通的隔牆得打開一扇門，方便走動。樓上設臥室卻沒設浴室廁所，極不合理，應該修建。另外，家中僅效與我二人，臥室只需兩間，一間自己平日使用，另一充做客房即可。其他空間設計做爲書房與畫室。

聽我說新家臥室可以只設兩間時，效大笑。過去，我一直堅持房子至少必須四間臥室，一間屬效與我，另一間給朋友用，還有兩間一給公婆使用，一給我父母，效對我「周全的顧慮」頗不以爲然，卻也一直順著我的意思。十多年下來，只有一回雙方父母與我妹妹同時來訪，所以四間臥室其實是空間的浪費。朋友來訪多半是岔開時間來的，一間客房是有必要。偶有幾位朋友同時來訪，因爲停留時間不長，湊合一下大家也不在意。待我學明白了這層道理，忽忽已經十年過去。

對空間用途有了共識之後，集思廣益便是修房設計的另一重要步驟了。

首先，效帶我去同事黑爾曼（**Herman**）家參觀。十多年前，他買了個破舊的大

廣　告　回　信	
台灣北區郵政管理局登記證	
北台字第15949號	

235-62

台北縣中和市中正路800號13樓之3

印刻出版有限公司　收

讀者服務部

姓名：________________　性別：□男　□女

郵遞區號：__________

地址：________________________________

電話：（日）____________（夜）____________

傳真：________________

e-mail：________________________________

INK

INK PUBLISHING

讀者服務卡

您買的書是：________________________________

生日：________年________月________日

學歷：□國中　□高中　□大專　□研究所（含以上）

職業：□軍　□公　□教育　□商　□農

□服務業　□自由業　□學生　□家管

□製造業　□銷售員　□資訊業　□大衆傳播

□醫藥業　□交通業　□貿易業　□其他________________

購買的日期：________年________月________日

購書地點：□書店　□書展　□書報攤　□郵購　□直銷　□贈閱　□其他

您從那裡得知本書：□書店　□報紙　□雜誌　□網路　□親友介紹

□DM傳單　□廣播　□電視　□其他

您對本書的評價：(請填代號 1.非常滿意 2.滿意 3.普通 4.不滿意 5.非常不滿意)

內容______　封面設計______　版面設計______

讀完本書後您覺得：

1.□非常喜歡　2.□喜歡　3.□普通　4.□不喜歡　5.□非常不喜歡

您對於本書建議：

感謝您的惠顧，為了提供更好的服務，請填妥各欄資料，將讀者服務卡直接寄回或傳真本社，我們將隨時提供最新的出版、活動等相關訊息。

讀者服務專線：（02）2228-1626　讀者傳真專線：（02）2228-1598

農莊，屋大地大。先拆除了屋頂重新上瓦，然後再一步打牆換梁，先整臥室，再建浴室，接著修客廳。多少年過去，樓上臥室完成了，全是原木結構，打造得精細而美。樓下浴室仍用一大塊塑膠布擋著，說已完成三分之二。客廳打空了，正中央頂著一柱支撐鋼梁，才進行完破壞工作，一地破磚爛土，看得出工程浩大；明白自己修建屋子大約逃不出這等景象，不免心驚肉跳。黑爾曼慢悠悠的笑說：「修房子得出的結論就是：建一幢新屋比修舊房容易多了。」臨別，黑爾曼掄起胳膊，給效打氣：「自己做！」效情緒高昂，我在旁苦笑。

接著，不論朋友來訪，或到朋友家走動，甚至回到台灣探親，我們都隨身帶著新家的平面圖，徵詢大家對房屋修建的想法與意見。果然每個人都有一套空間理論，極爲受用。我們擇優納入修建計畫之中。

小虎是所有出主意朋友中最具革新創意精神的人。拿過房屋平面圖，聽完我們的空間內容，不加思考的就畫將起來。毫不遲疑的把樓上唯一具窗景的臥室變成了浴室。

「你們想，盥洗室在生活中佔據了多重要的位置，早上刷牙洗臉，平時上廁所，晚上也還要清洗五官四肢。再想，泡澡時躺在浴缸裡還能看到藍天白雲、草場河流多美啊！好享受哦！睡覺閉著眼睛什麼都看不見，把窗景放在臥室裡浪費了，太過可惜。」小虎邊畫邊解釋，這裡可安裝浴缸、那裡洗臉盆、還有馬桶……。

效與我從沒想過浴室放在風景最佳的位置。腦子裡轉的是：洗臉、刷牙、沖澡、上廁所，這些生活例行公事，設備必須要現代化，使用上應講求方便，空間也不要太小。我們所想的便是在樓上規畫出一個充裕的空間而已，但，絕不是佔用窗景最好的空間。最佳窗景當然要與最具人文的內容相容啦！

小虎的提案，讓效與我不但茅塞頓開，還覺得妙不可言，自然從善如流。隨後，我們把她想提倡的精神發揮得更加淋漓盡致。

新浴室的設計把我們家的修建方案，推向了高潮。效與我將腦中原有的空間束縛打散鬆解，重新布局。當然，「動線合邏輯」的原則絕對堅持，不讓稍有偏失。

門廳也是新設計中的一道難題。當我們決定把原來的休閒工作室與堆棧房打通變成一個大客廳，廚房維持原狀不動之後，門廳應如何處理便是學問了。

當然，可以把大門放在新客廳面對馬路的正前方，隔出一間門廳。但，這樣一

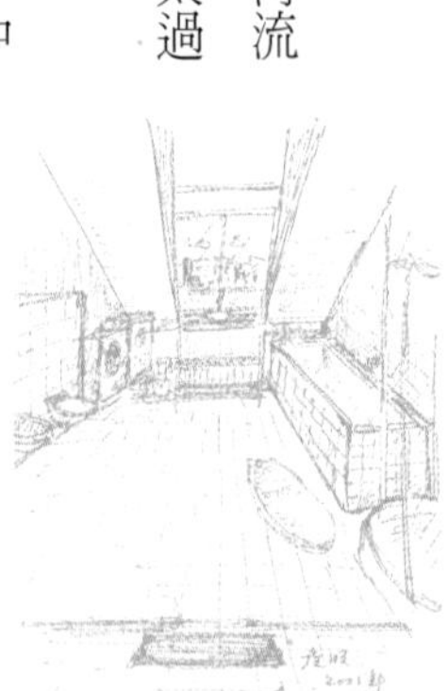

精心設計後的浴室，寬人舒適而且還有美麗的窗景。（針筆畫）

來，方方正正的大客廳就不復存在了。何況與我們幾乎同時購屋的老友豫才琢磨出一套「新理論」：客廳至少需具備五公尺乘五公尺的格局才好布置，長或寬任一邊少於五公尺，放置沙發後就會產生走動不開的遺憾。

有朋友說，廚房後面與客廳之間的空間有十六平方公尺大，爲什麼不利用它充做門廳？把大門改到屋後，人從車道轉進不就好了？這確是個主意，只是如此一來大門徹底轉向，車道與車棚必得騰空出來，布置成花園與走道，汽車反倒沒地方停放了。再說，臨街方向變成後門，總是奇怪。何況最後爲方便進出，怕仍是使用臨街之門，那麼，改換氣派的大門與門廳，便形同虛設毫無意義了！效的同事聽說此一提案，很正經的點頭：「荷蘭布拉邦省（Brabant）每家人都習慣走後門，正門是專留給警察和稅務局的查稅員拜訪用的。」說罷，眨眨眼。

左思右想，門廳問題一直不能得到解決。最後終於做出權宜之策，維持原屋主的前門，把進屋的一公尺多寬小門廊打通，與銜接客廳的十六平方公尺空間相連。如此，進門後先經一段兩側掛畫的五公尺廊道，再轉入寬闊的門廳，而後踏入客廳。雖說有些累贅，終算合情合理，還可解釋爲轉折的趣味吧！

大門確定之後，房屋正面另兩扇閉而不用的門，便可改造了。我們的想法是把原休閒工作房的門拆除，重新砌磚；原堆棧房的大門，改做出一扇與原休閒工作室窗戶對應的窗戶。這樣，大客廳擁有兩扇大窗，才會顯得亮敞。

樓上貯藏室改變成畫室，圓一個「美麗的夢」：封掉原堆棧房通上貯藏室的活動樓梯，然後，將臨靠河堤的牆面，打出一個大大的天窗，最好再加上一個小陽台，趁勢把整個馬士河的風景牽引進屋。同時，把與臥室區域相鄰的密封牆壁打出一扇門來，讓二樓所有的空間能夠銜接一起，方便走動。

一訂下購屋契約，二話不說立刻尋來製作天窗的專門公司前來丈量、設計與比價，花費了近兩個月時間。

在荷蘭，房屋樓上加拓天窗必須向當地市政府建管局申請批准。我們把天窗公司的施工圖遞進了建管局。

聖．安哈塔村隸屬考克區政府管轄，建管局每星期四開一次會，審查區內民房修建的各類申請。效率極高，只要星期四之前文件送達齊全，該星期之內一定能獲得結論。

我們家的天窗設計圖，離地面八十公分，寬達四公尺。這樣，我不論站著，或是坐在畫桌前，都能很從容自在的望見窗外景致。這四公尺寬的窗戶，其中兩公尺裝置固定不動的一片大玻璃，另兩公尺劃分爲兩扇窗戶，一扇可以打開，搭出個法式小涼台，可容一、二人憑欄賞景。

建管局的審批書很快寄來了。法式小涼台的主意被否決，認爲與屋子外觀不太相配。四公尺窗戶過長，至多可開出三·五公尺的窗戶。另外，離地板八十公分設窗的主意行不通，必須改變成爲一百二十公分高，與房子原有的小天窗立足點等高方可。

對於這樣的審查結果，我自然十分洩氣。效請天窗公司重新繪圖，捨棄法式小涼台、窗長縮短爲三·五公尺，但，窗子離地板距離仍維持八十公分。再次送審。

唯審議會堅持窗戶距離地板一百二十公分的原則。收到通知，我的心情低落至極，效安慰我，一定抗爭到底。隨後，他讓我把開過畫展的剪報畫冊取出、出版的書籍也準備齊妥，電話建管局要求親自參加星期四的審查會。

開會當日，效特意打了領帶，穿了件筆挺的新襯衫，拎了一袋我的資料前往。

畫室天窗望出去的冬日雪景——白皚皚的大地，貨船從馬士河上經過。（攝影）

傍晚，效滿臉得意笑容的回家。成功了！他轉述開會情形：先解釋房子因修建年限差異造成地面高度差異，再提出我身高較矮小的事實。強調工作環境對藝術創作者從事創作往往產生很大影響，所以希望專家能夠通融窗高的外觀。效言談具有說服力，最後局面完全改觀，反倒變成審核專家熱心的爲我們家出主意設計天窗，希望有利我的創作環境呢！

房子的整修設計基本上至此似乎告一段落，其實整修過程中總會發現漏失，乃不時需要調整變動。及至住進整修後的房屋，還會常常詢問自己：當初的設計是否最理想？究竟還有什麼變化的可能性？

是的，房子是買給自己的一個玩不厭、傷神耗財、卻非常有趣的益智玩具。

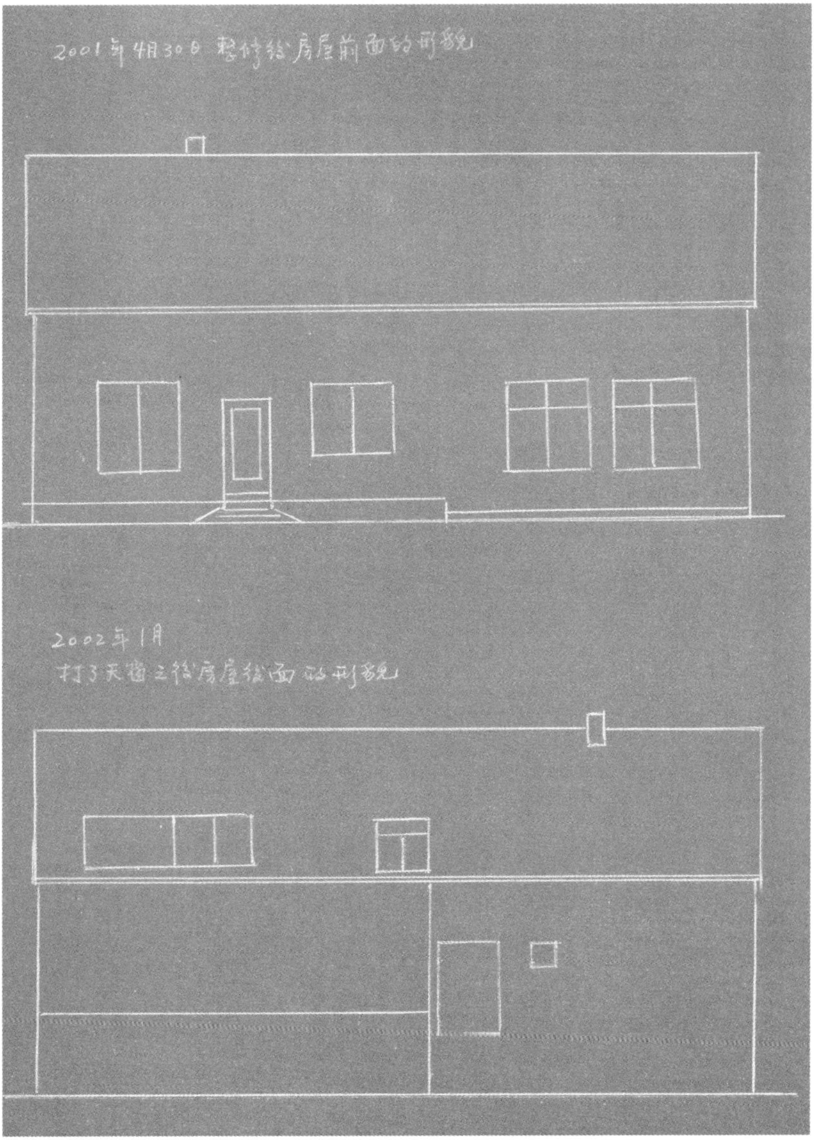

聖・安哈塔住家整修後的形貌。（針筆手繪）

老屋重建

這是一幢鄉村老屋。

聖安哈村修道院路三號分兩個不同年代建成。一半建築於一九三〇年，距今七十多年；另一半一九四五年加蓋而成，也有近五十年歷史，謂之老屋一點也不為過。雖說建築時間相差十五年，從使用的紅磚牆與屋瓦來看，並不感覺是分做兩時期完成的建築物，走進屋內看見結構的差異，才會相信確是建成於兩個不同時代。

莉亞的伯伯是老屋最早的主人，她小時候到過屋子裡，對於當年的情形記憶猶新。

莉亞說，伯伯是位麵包師傅，腳有點跛，一生未婚，帶著她的祖父祖母同住。走進大門，左手邊的房間以鉛玻璃拉門分隔出內外兩間。外間為客廳，訪客來都坐在這個空間喝咖啡聊天。莉亞記得，冬天，室內一角壁爐裡燒著木柴，祖父母常常並坐在爐火旁邊，祖母手中不停的編織，祖父坐在一旁讀報紙。伯伯喜歡單獨

（左）我的畫室不但寬敞還有無阻攔的好風景可賞，朋友羨慕，我自己更是樂在其中。（攝影）

坐在內間的起居室裡。與外間壁爐一牆之隔的內間牆角也有一個壁爐，兩壁爐共用一柱煙囱。

伯伯購置了村裡第一台電視，電視放在內間的角落。村裡的小孩一到晚上就圍集過來看電視，到很晚還捨不得走，伯伯則坐在一張大椅子裡頻頻打瞌睡。做麵包得早起，清晨四點就得起床工作了呀！

客廳對門的房間當年是麵包賣坊。莉亞像電腦記憶盤一般，略一回想古老的圖像便顯示了出來。房間裡放置一個「ㄈ」型的櫃台，台子上擺滿了瓶瓶罐罐的糖果和一台收銀機。「ㄈ」型櫃台內貼著牆壁裝了好幾層架子，麵包和麵粉、糖、鹽等烹調雜貨擱放在架子上，整個賣店的布置便類似凵型了。

客廳、起居室與商店的後面是廁所和廚房，樓上爲臥室及閣樓。

一九四五年，緊靠著上述房屋延伸建造了稍小空間的建築物。外牆開了兩扇門，分別通往不同的兩個隔間：打開一扇門，其間安製了各種機器，這是製作麵包的麵包房，後端修一道樓梯通往樓上，樓上貯存麵粉，以防水患。打開另外一扇對開的大木門，是車庫。莉亞講，伯伯還是村子裡第一位擁有汽車的人呢！村子裡人際關係密切，常有人央請伯伯開車相接相送，既是村人又是顧客，伯伯不好意思拒絕也不便得罪，一方面不勝其擾，一方面心底又有幾分得意。

後來，莉亞的伯伯在這幢房屋旁邊，又興建了一套獨幢小屋自己退休後居住。多年之後，這幢小屋連帶花園獨立成修道院路一號住宅。三號原先的土地經此切割減小了不少。我心想：倘若沒有一號住宅的修築，我的花園面積不就有現在的兩倍大嗎？多遺憾！

三號對街斜右前方有一幢老屋，因為圍繞屋沿牆釘的結構特殊，已經被區政府評列為具保留價值的「歷史紀念屋」。屋子當年是鐵匠的住家，村裡的馬更換鐵蹄，都來找鐵匠。難怪他兩邊屋瓦下的鑄鐵牆釘打造得那麼精緻漂亮。

回過頭來看修道院三號房屋外觀則無甚特色，不過是一般鄉間帶些鄉氣的磚瓦大房子而已。

老房子雖仍安在，只可惜麵包房和打鐵房變成了村裡的古老遺事。現在買麵包，最近的地方是上考克鎮中心。馬的鐵蹄壞了到哪兒去打？我倒沒什麼概念。

莉亞伯伯的繼任屋主便是賣房給我們的伯賀斯家人。伯賀斯一家人在修道院路三號整整住了四十五年，房屋結構基本上沿襲以前，只因是單純住家，把麵包工作坊空間變更爲「業餘休閒工作室」，車庫改做雜物間，並停放自行車。通往樓上貯藏室的活動樓梯遷動改在車庫內。廚房從後方調換移到前面原來的店舖位置，原先廚房邊的廁所延伸加長一倍，增加淋浴設備。

另外，伯賀斯先生在屋後加蓋出去了一間修車房，並挖出一道修理汽車底盤的溝槽。因爲他是專業司機，特別喜歡自己修整汽車。同時，在緊臨一號屋牆處加建了一間車棚，停放汽車。

車棚的建築引發了村內有名的「伯賀斯圍籬」事件。

當年遷入一號住屋的夫妻發現，伯賀斯家修建的車棚車道佔用了一段屬於他們的土地時，要求伯賀斯讓出佔用的地段，伯賀斯家沒有理會。幾次溝通不成，一號主人尋來律師打官司，訴勝之後重劃地界，豎立了現今分隔兩家的短木柵。伯賀斯家人從此與一號人家結仇不再往來。周圍的鄰居呢？認爲事情可以慢慢商量，何必非要對簿公堂？當我們一搬入村子，一號鄰居立刻前來拜訪細說這段陳年舊事。一些村人第一次見面則有意的詢問：「喔！聽說伯賀斯圍籬的故事嗎？」我們只是淡淡一笑不予作答。

伯賀斯先生退休，兒女也都長大各自成家。兩老覺得用不到大房子，又因對鄰密友遷居考克鎮中心，決定追隨好友的腳步賣房住到考克鎮，繼續做伴，效與我便成了房屋的新主人。

據說，村裡人聽聞一家中國人買下修道院路三號的時候，興奮了一陣子，以爲要開一家中國餐館呢！

請來清除木頭蟲害「天牛」的工人，在屋內各處噴灑驅蟲藥，踏遍房子每寸角落。當知道只有效與我住這房子時，直覺的反應詢問：「你們準備裝修旅館嗎？」

的確，荷蘭平常一戶人家幾口人住屋體積大約三百五十至四百五十立方公尺左右（約一百或一百多平方公尺面積），我們兩小口住屋擁有八百二十立方公尺，比起一般人家是大了許多。近三百平方公尺的室內使用面積對中國家庭而言，也眞是大房子了。

繳了房屋訂金，這幢七十年老屋如何整修？何時整修？必須當機立斷，才能進行其他接續的事情。想到這，我便憂心至極，唉聲嘆氣。

效雄心壯志要自己整修，同事們也都推波助瀾：「對！效！自己幹！」受氣氛的激勵鼓舞，他當眞了。我一看情勢不妙，一大盆冷水馬上澆下去，「堆牆砌磚上瓦的事，萬一做重活身體有個閃失，下半輩子有得苦吃。」

再說，我看過效的同事修屋，十多年一家幾口侷促的擠在大房子的一個小角落裡，其餘空間不是進行了一半的浴室、就是重新架梁的未來客廳、或是待完善的臥室。買的明明是大房子，結果十幾年日子比住小房子還更艱苦。我的意見：大結構的整頓盡快請專業公司責負施工，小的改動則不妨當做業餘嗜好自己慢慢動手。

效聞之有理，提建議：那麼就仿荷蘭人的慣例，先搬家，住進屋去感覺如何重修，一年之後再找人著手整建。我極力反對，堅持一定得先整建再搬家。理由很簡單：找了七年房子，理想中的住房格式應該早已心中了然，爲什麼還需要花一年時間去研究感覺？其次，家中雜物太多，一年後整修房子等於搬兩次家，太過折騰。

平日效是一家之主，大事由他決定，什麼算是家中大事？也由他裁奪。但，這次修屋搬家的順序，我絲毫不肯讓步。幾經溝通，他便點頭同意了。

爲設計新居，兩人開始廣徵意見，歸納良策。書桌、茶几、餐桌、到處攤著不斷改動的設計圖紙。兩人開車時討論、飯桌上談論、躺在床上話題還是老屋的重建。常常各自爲自己興起的妙策欣喜，也會因對方的否決而憾憾然。可是當一項主意兩人都拍案叫絕時，又有說不出的成就感。房子的重新設計，成了我們兩人共同的藝術創作，創作的過程特別興奮與刺激。

二〇〇一年正値荷蘭經濟的黃金時期，各處大興土木，建築公司告訴我們，要想修房至少得等半年以上。這一下我可急了，總不能買了房子空置半年、一年，長期支付租金加貸款負擔不起。

正愁得不行，效靈機一動，「妳或許看看中文報紙試試！」阿姆斯特丹和鹿特丹的中國華僑開辦了幾份報紙，上面刊登不少服務性廣告。平時不注意內容，誤以爲全是餐廳轉手及招工廣告，細讀之下發現內容五花八門，竟然不少裝潢公司刊載廣告。

依電話，就著一家一家裝潢公司詢問，可惜只接餐館裝修工程，最後總算找到三家公司願意替住宅裝潢。其中一家，無法清楚應答專業問題；另一家答話語氣有些信口開河的味道；唯獨永興裝潢公司的曹老闆，對答既誠懇又專業，而最令人振奮的是，他可以在取得房屋鑰匙之後，立刻動工。

毫不猶豫立即邀請曹老闆前來估價，雙方見面相談甚歡。不過數日，估價單傳眞過來，價格合理，比荷蘭人建築公司的報價便宜呢！

效畢竟是個仔細人，隨即詢問曹老闆做過的工程，當晚我們驅車兩小時去到阿姆斯特丹市區，踏進一家他新近裝修完成的壽司屋。仔細觀看壽司屋裝修細節，並了解工人們工作態度之後，效與我完全放心了。

二〇〇一年二月十五日，效與我成爲聖・安哈塔村修道院路三號正式的主人。晚上，兩人拎著睡袋去到空房子裡住了一夜，以示慶祝。二十一日上午，把鑰匙遞到已是一身工作服的曹老闆手中，他領著中國工人一行六人駐紮進了待整修的房子內，毫不含糊的展開了工作。

工人們分工合作效率極高。早上十點開始工作，中午一小時午餐時間，下午二時恢復工作，至傍晚七時收工，一定做滿八小時，極有紀律。曹太太幫忙打理一幫人的三餐。晚上，大家在屋裡看電視聊天，累了把睡袋攤開休息。效說，「眞像以前中國大陸的工程隊。」從此，以「中國工程隊」稱之。

畫室裝置暖氣的工作圖。（針筆速寫）

工程隊忙碌，效與我也不得清閒，積極採買合意的地板、瓷磚、衛浴設備等，配合工程進行及時之需。如何在最短時間之內尋找到合適的材質，無疑是項很大的挑戰。幸運的是兩人氣味相投，往往同時中意同樣的材料，顏色、形式，無需爭執，反而生出一種相知相合的喜悅。

曹老闆率領四名壯丁，花兩天時間就把室內室外該打掉的打掉、該拆除的拆除了。接下來開始重新隔局裝修。房子每天變一個樣，每日都有驚喜。村人走過會停下來看一看、聊聊天，講：「幾十年經過這條路，習慣了房屋前面深綠色的窗漆，和不一般的三道門。現在只剩一道門，另闢兩扇窗，改用藍白相間的窗框顏色，恍惚以爲走錯了路呢！」不過，悵惘之餘他們還是讚美改動得好，終於房子看起來像是單戶人家，也不會猶疑該從哪扇門進屋才對了。

工程期間，效與我幾乎每晚都與工程隊共進晚餐，一方面藉此了解一日的工程進度，再者若有裝修的突發新想法還來得及討論變更。這是找「中國工程隊」的好處，靈活性特別強。曹老闆爲人隨和客氣，願意盡量配合顧客的需求，有時效會和他爲某個技術問題的解決甚至研究商討至半夜。倘若改換成荷蘭建築裝修公司，談

裝接暖氣管。（針筆速寫）

敲開畫室後面的屋頂，裝置三．五公尺寬的大天窗。（攝影）

定方案後進入施工階段就很難再做變化。其三，大夥人吃飯熱鬧，何況曹太太每天必定煲上一大鍋廣東例湯供大家清火健身，效與我實在抵擋不住靚湯的誘惑。當然，我們不能白吃，總會加燒一兩道菜帶去當「遮手」。曹太太有事沒來時，曹老闆下廚也有一套，他的南乳燒鴨滋味特殊。

見曹老闆既忙工程又料理膳食，太過辛苦，我便自告奮勇充當大廚。心想，做些稀奇菜肴讓工程隊享享口福，必然更加賣力工作。花了整天時間做了許多精美小菜，孰料反應平平，頗爲洩氣。經效點醒方才明白，工程人員做的是勞力活，能塡飽肚子增加體力的食物才算實惠。我的菜雖有看頭、有吃頭，卻充不了壯漢的饑。弄明白了這點，菜式一改，大肉大飯上桌，果然嘉譽頻頻。

這樣日日與工程隊相處，知道了「隊員」們不少離鄉背井的辛酸故事，他們淡淡的講述，反倒讓我聽了不勝唏噓。由於裝潢的相識，後來除了與曹老闆夫婦仍有聯絡之外，也與阿青、小葉成了朋友。阿青、小葉與我們時有電話往來，遇有休假偶爾也會來家中小住一宿。因房子經他們之手整建，除了對於屋內結構特別清楚，也有一份特殊感情，雖說來家作客也閒不住，聊天之餘總要爲我們的房子修點這、

重建新樓梯。（針筆速寫）

釘點那的才覺踏實。

老屋重建工程不如預想的順遂。我們天眞的以爲屋內任意隔間是我們的自由，確也是如此，但這「自由」畢竟建立在政府住家建築法現的基礎之上。

老屋的瓦斯電力總管原設在業餘休閒工作室與車庫之間的隔牆上，我們把此隔牆打掉，將兩個房間地基墊平，準備鋪設地板布置成一間大客廳，約會好瓦斯電力公司前來遷移總管線到相差不及五十公分的房屋邊牆上。技術人員一來，連連搖頭說行不通，基於安全考量，荷蘭法律規定：瓦斯電力總管一定要設在離大門三公尺的範圍之內。（若因歷史原因不合規定可以不換，但若要改換位置，一定要按新的規矩。）另外，二〇〇〇年又新增一道規定：所有住家安裝電線不能是兩條線的電線和插座，必得是包含地線在內的三條線電線與插座。如此一來，我們家的電線和插座不僅必須全數重拉重換，瓦斯電力總管線也必須大動干戈遠遷至離大門十五公分的地方，本來不需變動的書房（原主人的客廳）因此敲掉一片隔牆，凹進去三十五公分做出一間瓦斯電力總開關室來，瓦斯電力公司則配合重新挖開裝置在屋外地下的通道，自外頭接線。

重新布線是瓦斯電力公司的專長，可是價格高不說還得排隊，如此一來進行一半的房子整建工程只好停頓下來。所幸效公司的專門電工有一哥哥是領有執照的瓦斯電力檢驗師，他雖無時間但同意從旁指導。效一向喜歡玩弄電器，這一下正中下懷可一展身手，興沖沖的與檢驗師研究好布管、布線圖，以及裝置的注意事項之後，買好所有材料，便與曹老闆一起動手了。幾日之後大功告成，通過安全檢查，瓦斯電力公司前來重接總開關，房屋重建工程終於沒有受阻也算幸運。

這樁事情雖然帶來意外的麻煩，但，我們卻非常高興荷蘭建築法規對住家安全的嚴格要求，以及執法的認眞。這件小事讓我們體會到住在這個國家生命的安全是被關注的，雖然我們多花了一筆爲數不少的錢，卻因此得到了一份安全保障絕對值得。據資料稱，房屋起火百分之七都是因爲電線引起，我們也慶幸換了新線。

房屋改建的同時，效也利用空檔在花園裡挖出一方魚池，把豢養的魚兒遷移過來。原本栽種的各類花樹，也紛紛移栽至恰當的位置。

修房的兩個月期間，白天工程人員工作時，效上班，我呢，偶爾在租房整箱打包準備搬家、大部分時間則在工程人員身邊跟進跟出，忙碌的素描他們工作的動作、或是拍攝工作進程的照片，當做紀錄。老屋形狀裝置、每日工程進展內容以至完成形貌，鉅細不遺皆有圖片存證。效笑我無聊浪費膠卷，可是等到某一天需要改裝電路、水管、或是修理其他事物時，才發現幸虧我那無處無事不留紀錄的「記者習慣」，替他減少了許多困擾。

我們家的改建工程，曹老闆在進行當中才發現比他估算的困難度來得大，工程隊員因此壓力也比預計來得多。依慣例工人們兩星期結算一次工資，在壓力的累積之下，某次某位隊員因對老闆工時的折算大表不滿，口出惡言，雙方激烈衝突起來，居然拳腳相向好不嚇人。曹老闆氣得要人走路，對方則揚言要報仇雪恨，幾經安撫方才化解。虛驚一場，也是插曲。

廢棄建材的處理也是一門學問。專業公司代爲收集處理，磚頭瓦片每一百公斤才收七歐元左右，廢棄的油漆、塑膠板、電線等雜物，每一百公斤則收近四百歐元，價格相當昂貴。私宅拆除的石綿瓦，規定必須裝進垃圾袋內交特殊機構處理。我們商請的垃圾處理公司，因是村人企業特別幫忙，見我們拆除的石綿瓦不多，也就好意順便代爲處置了。

按照預計的兩個月工程速度，老屋重建的首要工程如期完成了。兩側屋脊搭蓋了新的燕尾，在效請託之下，特別雕琢出了金形與土形的標記；租來鷹架把受風面鬆裂的外牆重新抹上了嶄新牢固的水泥，以防風雨；房屋前側兩扇不必要的門封了磚，改建成兩扇大窗；樓上樓下所有窗戶的單層玻璃一律更換成冬天較保暖的雙層玻璃；進大門的台階加寬，減少了門前的小氣；書房、客房、主臥室的舊地毯拆除鋪上新的耐美壓板，看來堅實平整易於打掃清潔；門廳鋪就了地板磚，有點中國的氣氛；客廳鋪設了長條厚木板，選擇的是一種特殊的松木，據說越使用會越硬實；客廳通往花園的門口，利用門廳剩餘的地板磚，砌了漂亮的褐紅台階；新樓梯增長斜面與梯數，並在近樓面處拐轉數階，避免上下樓梯有窄陡的不舒服感；把樓梯洞擴大，高個子上樓可以不再擔心打頭；拆除閣樓釘上天花板填裝絕緣材料，達到夏天隔熱冬日防寒的目的，也徹底去除了危樓失修及低沉壓迫之感；樓上刻意裝修出一間好窗景的大浴室，每天清早可在滿目山水的視野中盥洗，培養一日的好心情；旁邊雜亂無章的貯藏室，推開一扇門，變化成一間夢想已久的大畫室，地面磨整出一條條七公尺長十公分寬充滿歷史故事的漂亮老木板，可以鎮日窩在裡面清淨的作畫；地下室入口製作了一個方便開啓關閉的活動木蓋，節約出了不少空間；貯藏室破舊的磚牆抹上了一層白灰，一半屋頂改換成透明的斜頂板加強光照，空間除了用來存放工具，冬天尚可兼置盆景；屋內所有眼見得到的牆面全部粉刷潔白；暖氣片裝設在每個房間恰當的位置上。環視這一切變革，零零總總雖然沒能十全十美，但在有限的預算之下，不論用材與做工都能看得過去，還有什麼好挑剔的？

樓上浴室的修建，是改建工程中我們最得意的傑作。將預定給臥室的樓上好窗景，移換給盥洗室。更進一步要求工程隊克服困難，把盥洗台就裝設在窗台的正前方，讓每日的梳洗都可面對一幅美麗的山水風景。盥洗台邊特別訂製的長方形與三角型鏡子，把遠方的馬士河與考克鎮雙尖大教堂借景進屋。除了浴缸，也同時裝置另一套淋浴。朋友說，浴缸可兼做淋浴何必多此一舉？其實不然，使用起來的方便性與舒適度差遠了。坐式馬桶與洗股盆都選擇旁邊固定型式，方便打掃清潔。洗衣機、烘乾機並排列置，使家庭主婦的工作能更省心省力。盥洗室內瓷磚的顏色選擇，天藍色與白色的搭配，效與我至今仍沾沾自得。記得拼花之時，原本我們想的是藍白間隔，阿青說會太花，經他建議變成三片藍色一片白色的組合。阿青對我說

道：「配顏色妳是專家，但是拼圖案，我看過和做過的比妳多。」果然經過阿青的拼花設計，地面宛如河水與波浪，牆面則彷彿晴天與白雲。在這個空間裡，線條配搭簡潔大方，顏色效果清新明朗。在裡面不論洗臉刷牙、沖澡泡澡、或是如廁，都有風景可賞，不亦快哉。

前來參觀的荷蘭朋友以及鄰居，無不驚訝房子內外的變化，說：「中國人眞了不起，若是荷蘭工人大約要做個大半年才能完成吧！」也稱讚我們大刀闊斧改建的確具有魄力。

對於永興裝潢公司曹老闆旗下「中國工程隊」及時給予的協助，我們充滿感激。

二〇〇一年四月二十九日，遷進新居。之後，經過大半年與考克區政府建設局的溝通，十二月，我們請來了荷蘭修建天窗的專門公司，把畫室推出去兩扇大天窗，不只迎進了好山好水好風景，還迎進了一室穩定柔和的北邊光線，羨煞了繪畫的朋友們。我們購買修道院路三號最主要的心願，終於成眞。效與我常常坐在窗台前的高腳椅上，或就直接對坐在效自己特別釘製的寬窗台上，數羊看牛、賞河上舟

（右）把貯藏室改建成畫室，打出天窗、裝設暖氣，屋後的好風光迎進了室內。（針筆速寫）

去船來、看天空飛鳥白雲、探黑夜月光星辰，夫復何求？

二〇〇二年，唐效把原本廚房的抽油煙管拆除，自己繪圖設計，重新裝置了抽油煙機及照明設備。

二〇〇三年六月，他改造了樓下的淋浴設施與盥洗設備。拆除舊磁磚、鋪設冷熱水通管、裝置洗盆、水龍頭以及裝設新磁磚，全都一手包辦。效做工講究細緻，完成之後自己嘆憾：「琢磨出經驗了，卻沒機會再做一次。」

除此之外，這兩年居住期間，效與我挑了又挑、選了又選，逐漸添購了一些合適的燈具、櫃子、架子、桌子和椅子等。幾十個紙箱內的雜物，也慢慢的得以重見天日。整頓的過程極度漫長，焦急也沒用，一切也就隨遇而安了。

至今，房子唯一不曾變動的只剩廚房的流理台了。這應該是我們的五年計畫吧！

可是，天天在屋子裡轉來轉去，總感覺這幢大房子進門要先穿過一條四公尺長、一公尺寬的窄廊道，再轉入門廳才能步入客廳，終嫌不夠邏輯。

前些日子我又生出改造房子的新主意，既然以後要換新廚房流理台，到時何不

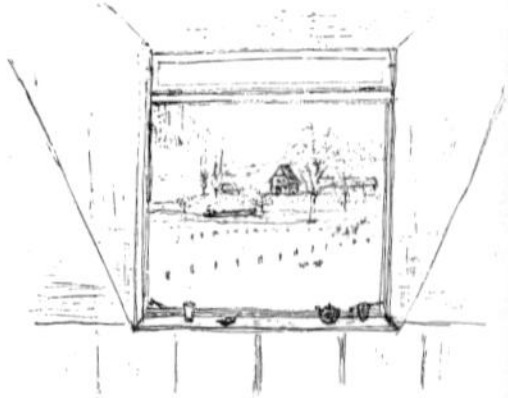

（右）浴室的窗景，與工人裝修天花板。（針筆速寫）
（左）冬日坐在書房裡，燃起壁爐，沏一壺茶，坐在沙發上翻閱一本書，
[illegible]

乾脆來個門廳、廚房大翻身，同時把樓梯改變成S型。如此一進門，即是一個大門廳，廳內除了樓梯，各有幾扇門，分別通往客廳、廚房、書房、客房以及盥洗間，豈不既大方又合理？

爲了這一主意，效與我兩人又興奮的花了一個周末時間坐在桌前設計繪圖。現在，基本圖樣已經決定，只是部分技術問題有待解決。

朋友聽說再過一陣我們可能進入第二波老屋重建計畫，點頭道：「想法眞是很棒，那麼一來整個房子會變得很漂亮。不過，大修房子也只有你們折騰得起。」父母聽說，只是心疼的在電話一端講著：「房子已經很好了，不要太辛苦囉！」

說穿了，自己有房子就是這樣，永遠有修不完、建不完的活，誰叫我們對自己的家永遠有「夢」呢?!

（右）效親手釘置廚房的抽油煙機外箱蓋與照明設備。（針筆速寫）
（左）考克鎮帕德布魯克區與聖・安哈塔村之間有一座風車。沿著進出小村的河堤道路，星期六早上總可望見它轉動風車葉，利用風力磨麵。（鉛筆素描）

2004.3.30

從臥室的窗戶望出去，村子暈黃的街燈照映地上的冬雪，彷彿走入了童話的故事之中。（攝影）

搬遷

看著滿屋子的家當，有時效不免感慨：「拎了一個皮箱來荷蘭。後來自己幾次搬家也是騎個自行車，行李綑在後座就走了。現在眞是家大業大，一整個集裝箱也放不下。」語末自我調侃。

如今，那只他從成都帶過來的硬殼紅色皮箱，束之高閣。多少年來不過是衆多箱子中的一只，沒再取出使用過。最具歷史的箱子，也就是陳年舊事罷了。

效在荷蘭一晃居然住了二十年。我呢，不知不覺也住了十三個年頭。這期間搬家過許多回，最可觀的數一九九〇年，居然一年之內搬了八次家。

對於搬家，我一向視爲畏途。每回提說搬家，幾個月前就開始發愁，想得頭痛肚子疼，一天到晚眉頭總是皺著，怎麼也舒展不開來。精神緊張，十分受苦。

效見我那麼憂實在不解：「有什麼好愁的？東西多怕整理，請搬家公司就是了。」對他而言，既然要搬家，表示有必要，就順著需要遷移。如此自然的事，愁什麼愁？

後來分析明白了，其實我的愁，並不在於搬家本身的繁瑣事物，而是出於一種依賴與眷戀。每次，住進一處新居，總是十分排斥，覺得不及原來的住家，多方挑剔。但，經過一段時間，又會慢慢去尋出新家的各種優點。再長些時間，舊家則不及新家了。而後，新家便什麼都遂了心意，成爲自己居住過最好的一處，諸多袒護。

直到下次搬家，同樣的故事再度重演。說穿了，根本是戀舊情結與安全感的問題，以及對於未知環境疑懼的自然排斥反應。清楚問題癥結之後，最近的一次搬家，我便完全能以平常心待之了。

居住荷蘭十三年，有幾次搬家印象最深。

一九九〇年，決定與效結婚，從留學的比利時布魯塞爾（Brussels）搬遷荷蘭。效從荷蘭租了一輛小貨車到布魯塞爾，把我的兩只皮箱、被褥、幾箱書和筆記、畫具，以及表哥留給我的一些家用品裝上，車箱空空鬆鬆的，卻不敢自己搬運鋼琴，爲它特別找了專門的搬運公司。

Burgers 夫婦搬離
St. Agatha 村 Kloosterlaan 3 房屋.
在空房子裡給我們留下了一束花
插在花瓶裡. 還有一張賀新居的卡片.

原屋主伯賀斯夫婦留下一瓶鮮花、一張卡片，祝賀我們遷入聖·安哈塔。（針筆）

從布魯塞爾到荷蘭舒思特鎮大約兩小時車程，那一路情緒非常複雜。一方面心想：沒有準備嫁粧，帶著湊合的留學家當，結束單身女子生活嫁人，實在有些對不住效的歉意。但，另一方面卻想：如此沒牽掛、沒要求的準備與效共度一生，有種不流俗的歡喜。

那年婚後，效被公司派往美國工作一年，我們當然得搬家。但是，這個家搬得輕鬆，全部事情由公司找專人代爲處理。公司替我們租了一個倉庫，把家當全數寄存在那兒。效與我去參觀了一回，那倉庫又高又寬大，裝了不知多少集裝箱。室內設有溫度與濕度控制。

去美國時，公司已先替我們租賃好了一幢設備完善的高級公寓，我們兩人僅拎著一些隨身衣物上路。一年後，結束工作返回荷蘭，增添的家具及行頭，公司聯絡運送支付費用。寄存在倉庫的家私，於我們到達的次日即送達到家，安放妥貼。

公司對駐外人員的悉心照料，讓我十分感慨。據說，這一套制度抄襲自飛利浦公司。公司相信，必須把員工的家安好，員工才能專心好好工作。安家的標準，是提供員工在荷蘭同樣水準的生活條件。例如外派東京人員，因住房條件遠比荷蘭不足，所以補償一筆生活艱苦費。

派駐美國期間，公司由效薪水中扣除百分之二十八做爲房屋開支，我們在荷蘭的房子貸款由公司代付，條件僅只公司有權在這段期間將房屋出租；而我們在美國的租屋費用也一律由公司負擔。

同時，全家一年可以返荷蘭度假兩回，機票費用全數由公司承擔。

另一次印象深刻的搬家：一九九二年吧！母親把台北石牌的房子賣了，對我的一大堆書及資料極度頭痛，不知如何處理是好。我說，裝貨櫃運來荷蘭吧！母親爲了書籍的裝箱及聯絡貨運事宜，勞累病了一場，手腳也傷了幾處。幾個月後，一百多盒紙箱、幾千本書，遷徙來到了我的身邊。這麼多年，這批書籍給我的海外生活帶來了極多安慰。

再者即一九九三年由荷蘭中部舒思特鎮移至東部考克鎮的搬家了。效變換工作換了個公司，由於車程離住家過長，不得不搬家。

這時，我們的「家產」已經大爲可觀了。家電齊全、雙人床也有兩張，還有幾個大衣櫃，更別提幾千本書和其他零星的「收藏」。這麼多「垃圾」，實在不好意思勞累朋友幫忙。再說，新公司發了一筆「搬家補貼」，壓榨朋友的勞力，自己賺取補貼金，更是說不過去；加上「美國經驗」的甜頭，當下決定自己尋找搬家公司搬家。

效從電話簿中搜尋搬家公司，整頁全是，怎麼挑選？

效說，不難，有裝箱服務的公司不多，以此篩選。然後呢！挑小公司，因大公司可能收費較高。果然，在這兩項原則下，找到了一家有裝箱服務的小搬家公司前來估價。

公司老闆針對幫忙全部裝箱、部分裝箱與不幫裝箱只管搬運的不同狀況，分別做了估價。對於報價單我們認爲合情合理，而且也在預算之內，便確定了搬家公司，不再另尋。

究竟自己打包？還是交由搬家公司處理？再三討論，兩人決定自己動手，倒不是省錢而是希望順便把一些無用之物趁機清理掉。

可笑的是，效與我二人都是喜歡收藏東西又捨不得丟棄的人。整個家的雜物連書帶資料整理下來幾百箱，能扔掉的卻只有兩個紙箱。早知如此，何必折騰自己收拾。

為了方便搬家公司工作，我花了一天時間，把三層樓每層整出的紙箱全部編了號，並註明搬移後放置的房間。然後將箱子一個個整齊疊落在近樓梯的位置。整日搬動紙箱的後果，手勁全失不住發抖。

效回來看見我顫抖的雙手，哭笑不得，直嘆我傻，做大可不必做的蠢事。我不服氣的辯駁：「這樣落整齊了，搬起來方便，讓別人省點事。」效搖頭道：「人家是專業啊！」

搬家那日清早，大卡車開來了，幾個輕裝大漢提起十幾二十公斤的紙箱就像拎豆腐似的。他們熟練的排成一列傳遞紙箱裝車，好似傳籃球做運動。見此情此景，方才明白自己真是傻氣，做了毫無意義的好人。

搬家工人有效率的努力工作，效與我想從中國餐館打包請他們簡餐。出乎意料之外，建議被婉拒了，他們自備了麵包與飲料。午餐時間，他們客氣有禮的詢問，方不方便坐在客廳沙發上？當然！便見他們從褲口袋掏出手帕，細心的鋪在椅子上方才坐下。

一車又一車，分批把租房花園中的植物遷到聖・安哈塔新居。
（針筆速寫）

在考克鎮租房時的客廳布置，牆上掛著我的各類油畫作品。（攝影）

下午五時，搬家工作告一段落。門鈴響起，打開大門，一捧美麗的花束送到眼前，竟是搬家公司差花店送來「喬遷之喜」的賀禮。

效與我準備好了搬家費用要支付，老闆笑道：「不慌。你們忙了一天，累了，好好休息。我再寄帳單來。」領著工人開車道別。兩個月之後，我們才收到帳單，明細清楚，而且價格不單合理，可說是便宜呢！

直到現在，那搬家公司老闆誠懇的模樣，工人們快樂敬業的工作態度，以及那青綠帶粉紅色的花束，一直存留在我的腦海裡。

八年之後，二〇〇一年我們退掉考克鎮的租房，搬遷到相距約四公里的考克區聖・安哈塔村自購的住宅。

怎麼搬家？

「還是找搬家公司吧！省事。」效說。我完全贊同，該花的錢要捨得花。

依樣畫葫蘆找來了搬家公司估價。得到的報價單讓我們大吃一驚，不幫裝箱，單單搬運費加稅幾近四千歐元；加上裝箱服務費用則高達六千歐元以上，價錢簡直殺人。

租了一輛小貨車，住在奈梅根市附近的

朋友們聽說，都勸我們別做冤大頭，住附近的朋友們大家幫幫忙不算什麼，不要有心理壓力。替我們整修房子的曹老闆則拍胸脯說，他與裝修工人可以用他的小貨車幫忙我們搬運冰箱、洗衣機、鋼琴等這類重物。有這兩方面的配合，加上舊居、新家相隔不遠，幾經思考我們也就決定接受大夥兒的好意了。畢竟這次搬家沒有搬家費，效只得一日的搬家假；何況購房修屋也實在花費可觀。

但是，我們家實在東西太多了，尤其是幾千本書，相等於幾千塊磚頭，全都擱在閣樓上。讓朋友們搬這些書下兩層樓，萬一閃了腰賠也賠不起啊！

離正式搬遷還有一段日子。計算時間充裕，我決定自己以「老鼠搬家」的方

數千本藏書，分門別類搬進書房的書架裡。（針筆）

式，慢慢的，先把書籍全數挪至正做整修的房屋，減輕朋友幫忙的負擔。說到做到，我果然每日來回幾趟車，搬運幾百本書，把它們放在新家的客廳裡，順序排列疊落起來。大半月疊出來一道書的長城，壯觀極了。發揮「陶侃精神」，居然眞靠一己之力完成了書的搬運，現在回想依舊萬分得意。

四月二十九日，李元帶著兒子，代我們租了一輛福特小貨車開來。其他住奈梅根市附近的朋友：朱杰、李大進、王福四、金星、李少成，也都趕來了。這些書生平時是上班族，幹起活來卻毫不含糊。雖然，正式搬家之前做了不少準備工作，像書呀！花園的植物啦！廚房用具啊！先已搬運過來，但還是讓大家忙乎了一天，十分疲憊。

次日，四月三十日正巧是荷蘭女王節。早晨，效與我在後院旗桿上升起了荷蘭國旗，向小村宣告，我們住進了村子，成爲他們其中的一員。

一星期之後，裝修公司曹老闆踐約，開著箱型韓國小貨車，帶領著三名裝修工人來到家裡，替我們把舊居剩餘的冰箱、洗衣機、烘乾機、鋼琴等沉重物品搬運到位，更協助我們把租房公司要求拆除的車棚鐵門拆撤運走，解決了搬家最後的困

住進聖・安哈塔村的次日，正値女王節，效升起荷蘭國旗，

難。

這次搬家，幾乎花了近一年時間才把新家整理出個模樣。但至今，仍有一些紙箱尚未打開，因爲還沒能找到適合的櫥櫃。可是沒關係，我學會了不著急。搬家買東西這種事怎麼能急？急了買的東西不完全合心意反倒是一種浪費。只是，有時找東西找不著，因爲不知道還堆在哪個箱子裡。

「我的美式插座放在哪裡？」效問。

「總在哪個箱子裡吧！」我理所當然的回答。

「哪一個？」

「唉！什麼都要問我、要我找。哪一天我老年痴呆了，或者先死了，怎麼辦？」

「那我就把所有的東西都扔掉，重新再買。」

眞有遠見啊！這就是我賴以終身的良人。

聖．安哈塔村渡船路口流淌的馬士河及對岸的秋景。（粉彩）

秋天的早晨

窗外天微微明，三百三十公尺外，那條我已經熟悉的馬士河上飄游著一寬帶白霧似的水煙，隔岸的草地與岸邊的樹叢在煙靄中若隱若現著橄欖綠的葉色；略遠一堆隆起的小土坡上，農家紅橙色的屋瓦浮現在水煙與土坡之上，屋旁兩株樅樹高高的挺立，在初升太陽的照映下，仰展著新鮮的神氣。土坡後延展而去的平坦草場，被另一條帶似的晨嵐霧霧濛濛環過，再遠過去則是一層墨綠色的樹叢，然後是虛無縹緲間的藍綠色山丘蜿蜒迤邐。

這片樹影融融的遠山，即是荷蘭與德國的邊界。天空晴朗的日子，可以清楚看見山丘上一柱白色的界樁。我站在荷蘭飄浮著起司氣味的土地上伸出手去，似乎很輕易的便已經越過山丘，取回一大玻璃杯冒著清涼泡沫的德國阿爾特生啤酒。

山後淡紫灰的一片雲靜靜的浮貼在與山丘的銜接處，彼此輕輕撫觸。雲上東邊逐漸呈現淡黃的光片悄悄往西邊延伸過去，再往上移轉眼光便是淺藍的清明天穹。

從初秋輾轉至深秋，這許多層層疊疊過去的不同綠色，便逐日變換顏色：黃色、橙色、褐色、紫紅色，慢慢的替代了原先的各種綠色。終於，秋末的某一日清晨，陽光穿透低壓的灰雲，我突然發現：河邊的大樹在光線的照耀中，伴隨著吹拂的西風，飄動著一樹金葉。農莊後面的樹叢與山丘，抽去畫面上大篇幅的綠色絲線，重新織換紅橙、黃褐色系列絲線後，已經繡成了色彩炫爛、層次豐美的暖調山水圖案。

眼光重新直落回河面上，水煙中緩緩駛過貨輪，船首的指航綠燈亮著光照，船過處水煙輕盈的翻飛起來。每隔十多分鐘便會有一艘貨船經過，看似靜悄悄的來去，其實不然，打開窗戶便可清晰聽見船行的馬達聲。

視線再收至河流近身的這一岸，牧草沾染著濕潤的水汁，晨光穿過飽含水分的空氣，斜斜的照映整片草場，短短的青草自東而西呈現不同色調的綠色，由嫩黃而青綠，若有閒心細看，可以區分出十多種不同層次的顏色。深秋的日子，青綠色的草面會浮現不同的淺紅淡紫光彩，知道那是草花遍野的顏色，眾草在冬寒之前仍奮力做最後一次的開花結籽，堅持生命的延續。區隔草場的木樁，短小的影子清楚的落在牧草地上，像一排排推倒而下的骨牌。連接木樁的細鐵絲，明知它的存在，卻在光線穿透中遁形了。

河邊延綿過來的草原，盡頭隴起一條河堤，堤上及兩邊斜坡抽長著五、六十公分高的淡褐色茅草。過堤這邊就是我家修葺得齊齊整整的一排長綠扁柏。

早上，站立在二樓浴室盥洗台的窗前，眼光像是錄影機，前前後後、上下左右的反覆移轉，有時使用快速推進的鏡頭，有時改換成遲緩的慢鏡頭，有遠有近的跳接著，記錄這大自然呈現的風景。

這間十二．五平方公尺的浴室，原本是一間九．七平方公尺的低小臥室。我們買下這幢兩層的三〇年代荷蘭鄉村老屋之後，大興土木的重點之一，就是把這個有景卻不曾被強調的平常小房間，改建成亮敞的浴室。貼上藍白相間的地磚、壁磚以及白色天花板後，地面好似碧水白浪，牆壁猶若青天白雲，整間衛浴室交織得如天如水。盥洗台特意設計成爲焦點，架設在緊接窗台的正中央位置，彷如豎起一座現代雕塑。如此，因臨窗站立，眼前盡是風光，於是刷牙刷著、刷著，便忘了繼續刷下去，牙刷停滯在嘴裡；洗臉洗著、洗著，便忘了繼續洗下去，毛巾就靜止在下巴

上；淨手呢，唉！竟遺忘得馬上回首按沖流的水柱開關。

隨著時間的流轉，早晨的陽光逐漸明亮，水面上的煙氣層層淡去，對岸那兩隻常年留駐的天鵝便出現了，雪白的羽絨、弧度優美的頸彎，很容易辨識；我竭盡目力在牠們周圍的草地上，尋找其他候鳥的蹤影。記得春天，加拿大雁、埃及雁、灰雁及另一大群天鵝與野鴨遷徙，途經這片水邊草場，曾經拜訪親戚的停棲過一段時日。在這秋天的早晨，我便日日等待牠們的歸航。一星期內總會有幾個早上，先聽見牠們嘎嘎的啼鳴，然後循著聲音的方向尋找到蹤

天初明，山間、水上游走著朦朦朧朧的白色煙霧，陽光輕輕灑落在多汁的草地上。（淡彩畫）

影，再目視牠們由遠而近，呈一字形、人字形的變換隊伍，打窗前飛掠而過，我總是非要看到牠們的身影與鳴聲消失方肯罷休。

今日有一隻熱氣球，在山嵐水煙散盡後，飄游於天空之中。飛近過來，可以清楚讀到飛行者的面孔。我試著探頭揮手，果然他們搖手回應。天高氣爽的初秋，常常可以看見不同顏色的熱氣球，像一柱又一柱的煙花，從山丘後面衝上了天空，飄遊了過來。村人說，曾見過兩百多隻熱氣球同時在天上的壯觀景像。德國邊境小城凱弗拉耶（Kevelaer）的熱氣球節，吸引了大批熱氣球迷，也讓我們家的窗景更形美麗。

河上的船行更密了，可以清晰區分船首的船旗與船尾的國旗，大部分是荷蘭國旗，比利時、德國國旗也很常見，偶然才會見到瑞士旗幟，或是不知名的國旗。貨輪或是運載沙石、或是油料、或是汽車、或是不知內容的貨櫃，船過處，白色的浪紋自水面盪起，搖搖擺擺一陣子，發現船形已離去約二、三十秒鐘的距離，方才急急追逐船尾而去。我喜歡看紅色的船身經過，認爲那紅色在兩岸綠色的草場及間夾的大樹間流動，有一種特別的生命活力；效則故意打趣的與我唱反調，操著四川口

牧草上的牛群，閒來無事也要互鬥一下，發洩精力。
（鋼筆速寫）

音引家鄉人的說辭：「紅配綠醜得苦。」

一頭一頭的乳牛，輕鬆自在的排隊自草場間的欄道走過，不必數，我知道共有兩百三十頭，牠們是我家右邊斜前方農家的牛群。不必看錶，我知道此時必定是上午九時，牠們總在這時刻擠完牛乳放牧出來。牠們也是我窗前移動的風景之一，牛群每日在不同的地塊上吃草，隨著走動變化出不同的圖案，於是我的窗前有時便熱鬧得很，因爲牠們就聚在窗下；有時則較爲清幽，因爲放牧的位置距離較遠。雖然牛數不少，卻很少聽見牛鳴，牠們老是靜靜的低頭食草。

晚秋時日，早晨刷牙洗臉時，頓時一股急速的失落感湧上了心頭：草地上敷著一層糖粉般的白霜，天天相見的牛群不見了。猛吸一口窗外的空氣，鼻孔裡冰冰涼涼的。我懂了，冬天已近，牠們已被禁足倉棚保持溫暖，好鞏固每日的產乳量。要再相見，將是明年春後了。

這一大片草場，除了牛群，偶爾雉雞、鴛鴦、野兔、木鴿、海鷗也會來湊熱鬧。最多的是寒鴉與食腐肉的烏鴉，我對食腐肉的烏鴉無甚好感。有一隻孤獨的游隼，可能就住在附近，時常早早的就站在草場上的一柱木樁上。每次牠一出現，我

水霧朦朧的窗景，正是一幅多層墨色的「中國水墨畫」。（攝影）

便以望遠鏡觀察其動靜。爲了鳥類，浴室裡放置了望遠鏡，還有兩本鳥類圖鑑，隨時備查。但十倍的望遠鏡並不能看得很清楚，便另添置了一架六十倍的觀鳥望遠鏡，放在工作室窗畔。

我也在秋天的早晨等待屋簷下燕子們的歸來。春天時，牠們繞著窗前的簷邊飛翔、停佇。我可以清楚的看見牠們白羽紋的頸背、紅褐色的喉頭、寶藍色的羽翅以及剪刀似的燕尾。我歡喜的注視著小燕子停站一列，仰首張大的小黃嘴；母燕三不五時忙碌的飛近，在空中邊搧著羽翼，邊將小蟲子拋投入小燕子的口中。

我也翹首期待鶇鳥、紅尾知更鳥以及伯勞鳥的回家。牠們的窩巢都還保留在貯藏室外的屋簷下、車棚頂的木架間以及柏樹枝葉間。春天，我們曾陪伴著牠們建巢，在風雨中爲牠們孵卵而輾轉難眠，爲一窩小鳥順利出世而歡跳；也曾爬高細細俯看羽毛尚稀疏、眼目未睜開的飢餓幼鳥，手指頭逗弄牠們伸長細脖子，長開大大的喙。牠們學飛時，我們蹲在花園中，眼光跟著牠們的跳飛起落而緊張與奮。我們總是隨時用心的以耳分辨牠們叫啼的音調、音色與音質。清晨在床上將醒未醒之際，耳聞窗外清脆婉轉的鳥語，幾經猶豫還是抵不住誘惑，迷迷糊糊跨下床來，掀開窗簾一角，用矇矓的雙眼在目力可及的樹枝上尋找，到底是何種鳥兒如此勤勉的做歌唱的早課？終於，有一天牠們不告而別。如今秋來，天氣逐漸轉涼，我便強烈的惦念起牠們，熱切的祈望牠們倦鳥歸家，能在這個上午時分重新再見！

河堤上走著幾隻綿羊及山羊，昨夜我曾在睡眠間聽見其中一頭似乎直打噴嚏，但，今天牠們或遊走或坐臥堤上，似乎也沒什麼不適。我們常常這樣在窗前、堤上只隔三、四公尺的彼此相望，我清楚著牠們每隻不同的顏色與走路姿態，也能分辨不同的咩咩聲，只是牠們如此日日看我，是否也認識我的形貌？

每日早晨走進盥洗室，明明梳妝都已停當，卻很難轉身離去：天空的顏色隨時在轉變；雲朵的游動、形狀更是變幻無窮；樹的顏色、草地的色彩也由青而綠而黃或褐，每日在變化；牛、羊、鳥、船的來去也時時在移換。每一個景致都可能打動心底深處，想立刻畫下來、或拍照下來，於是取來畫紙、筆、水彩顏料，以最快的速度捕捉住剎那的美感：有時那美麗是長形的條幅，天空佔據了五分之三的位置；有時那美麗是寬狀的畫幅，一帶左右延伸而去的水霧煙嵐；有時那美麗是壁磚鏡子裡反映的船影；有時那美麗則是窗框玻璃中的一彎河水、半棵大樹及四、五隻低頭

2003年11月

吃草的牛群……。

如此，在浴室裡，也許待半小時、一小時、兩小時、三小時，有時一遺忘就是一個上午。但畢竟，待一上午的情況仍是少數，我總是心滿意足的享受了浴室的窗景，歡樂喜悅的或坐在電腦前寫一點文字、或在畫架前提起畫筆。

我的畫室十分寬敞，有五十平方公尺面積，地上鋪設著七公尺長、十二公分寬的老木板，挑高呈燕尾形的天花板以粗實的梁木支架著。房間東邊有兩扇窗，寫著文章，眼睛往窗外一張望又是另一番草地、河流、樹叢、遠山、天際的景致，還有街尾聖・安哈塔修道院以及教堂的部分輪廓。周日及節慶的早晨，「噹！噹！噹！」教堂鐘聲敲響，延續很長一段時間，一聲接一聲的鐘響與餘音，反覆聚集到耳朵裡，又震盪散開了出去，聽著聽著果然心中一片寧靜。

買下聖・安哈塔村房子的那個秋末，我們在工作室的北面，敲開磚牆裝置了一扇很大的老虎天窗，計三公尺五十公分長、一公尺二十五公分高。北邊而來的光線，最爲穩定與柔和，是繪畫的最佳光源。由於這扇新增的大玻璃窗，畫室除了擁有原本東邊的風光，北方大片大片的風景更是迎面撲來。爲此，沿著整片北邊的窗

（右）秋天，修道院路兩旁的大樹葉子轉黃、轉紅、轉褐，暖調的顏色好看極了。（鋼筆、淡彩）

戶，效自己動手裝設了一長溜四十五公分寬的長窗台，好讓我們兩人可以在周末倚窗對坐，依不同的時段欣賞屋外的晨霧、午帆、晚霞或夜星。

工作了一段時間，我歇歇手站起來，畫室東邊兩面窗均可俯視我的花園：紅色金魚、日本錦鯉在池塘中悠悠，穿游於水草與水薄荷、蓮葉之間。銀杏葉漸漸轉黃、一串一串的葡萄葉轉呈紫色、牡丹葉有些枯垂，但茶花、玫瑰、扶桑的葉子依舊油綠。園邊、堤坡之間夏季闢出的長條菜圃，此刻茁長著各式過秋、過冬的中國蔬菜：四季小白菜、茼蒿、空心菜、上海白菜、白皮蒿筍、四月慢、五月慢、軟姜葉、雪裡蕻，以及從夏季採收至今未斷的黃瓜、西葫蘆瓜和小蕃茄。上一年苦瓜單開花不結果，絲瓜爬了藤卻沒來得及開花，今年這兩類瓜藤倒是都垂吊著肥碩的果實。望向園中的一塊綠草坪，思想著是否該在傍晚時修剪一回，每星期我總要設法在雨前將這塊草坪剪兩回，保持它的平整及美觀。

暫時結束畫室裡的活動，踱回臥室。行經浴室前的過道，順便把那扇供給過道光線的小天窗撐開。今天不會下雨，打開它給樓上透透新鮮空氣，順便探頭出去張望一下對街的景況。小村裡的人，早已騎車的騎車、開車的開車，上學、上班去了，這個時候除了偶然看見送信的郵差，也只有鄰居父子會爲農務路過。小村是安靜的。

走進臥室，把起床後打開透氣的兩扇窗戶關妥，重新拉好內層紗簾，外層的厚布簾收攏在窗側。窗外斜前方的耶穌雕像、圓環、三岔路與幾株路邊大樹，落在白色紗簾後面，只剩下了模糊的影子。

我拎起背包，走下樓梯，從門廳的窗戶望一眼屋後的小院、扁柏，高及窗戶三分之一的河堤、以及蔚藍的天空。堤上露出遠在數公里之遙考克鎮教堂的尖塔，天上殘留飛機航經後的幾道白痕。

鎖上了大門，騎上自行車，我沿著村邊小徑登騎上河堤上的路道，在羊們中間穿梭，再繼續朝著鎮上河邊新哥德式雙尖老教堂騎去。

經過考克鎮中心，到游泳池游個泳、喝杯茶或咖啡，在已開店的小鎮鋪子裡買些日常必需品，偶遇見熟面孔，便停下來閒聊幾句話，交換一些情報。

回程的路途，我會在河堤上邊騎車、邊張望堤邊的草叢。不只在晚春，深秋之

考克鎮的渡船口、河堤與新哥德式雙尖教堂。（攝影）

際有時也可以採擷到薺菜，珍貴的收集回家，煮一鍋薺菜飯，或是蒸一籠薺菜包子，或是下一盤薺菜餃子解饞。

倘若缺了雞蛋，便彎進村口八十多歲老農家的門檻，提高聲量問候他略有點聾的耳朵，然後買一盒新鮮土雞蛋。初秋，老人的菜園新收了綠色、紫色的長豆，則順便帶上一把，或是多取一小袋甜美多汁的藍莓果。剩下的秋日便享受他院中收成的大量核桃。

同一個國度，遠一點阿姆斯特丹不斷湧入喧譁的遊客、海牙正熱鬧著政治議會、鹿特丹繁忙的吞吐進出口貿易；近一點奈梅根大學城學生們孜孜矻矻奔走於教室、圖書館之間；甚至就在考克鎮工業區，僅五分鐘車程裡埋首研發、鑽在技術產品裡的丈夫，此時也彷彿與我生存於兩個不同的星球之中。

我的早晨總是如此，安安靜靜、溫溫馨馨、很愉快、很健康的一晃就過去了。不過總會留下蛛絲馬跡，也許是一幅速寫、也許是幾段文字、也可能就是一朵微笑，它竟然實實在在。

（右）[illegible]屋後河堤邊，從窗口望出去，彷彿大湖，亦如汪洋。（淡彩畫）

漲水

馬士河漲水了！

報紙上刊登著林伯省（Limburg）民房淹在水中的照片。電視新聞播放河水滾滾，比利時沿馬士河城鎮、荷蘭馬克垂斯（Maastrecht）一帶淹水的災情。

讀著、看著這些訊息，心中立刻有了底，再過一天，屋後的馬士河肯定水位上漲。只是不知會漲多高？我們臨著河堤而居，沒有預警，這次應該仍然可平安度過吧！

第二天清晨，從窗戶往外看，離河邊一百公尺那棵「鬼頭樹」，樹周圍的牧草地，已形成數個大小形狀不一的水塘，水位開始上漲了。

約昂與芬珂穿著高統雨靴，忙著把搭在牧草地上供羊們嬉戲的高台拆除，重新架到河堤上。去年十月份，他倆把放牧在河堤上的綿羊，遷至堤下草地上，讓牠們配對繁殖。刻意用活動圍柵分隔出三區，畫地圈養以避免近親繁殖。如今，綿羊全數抱上了河堤，不再隔離。另外，推了一個鐵網車擱在堤上一角，裡面裝滿乾草，做為羊兒們的食物。綿羊們，又重新回到了我們家一樓窗前、二樓窗下那兩公尺高、五公尺寬的河堤上，自在的悠走、歇息與奔跑。

傍晚，馬士河邊極目所見的十多棵大樹，已經全數站立於水中央。目測，河水應該往河灘牧草地侵襲了約六、七十公尺。

荷蘭已經連續下了數星期雨，預測雨量會繼續增加，因此河水也將繼續上漲。沿著我們家花園外走上河堤的坡道，在第三日上午，擺開了幾個路障，上面綁了「禁止通行」的交通標誌。村中另一條上河堤通往河邊的渡船路，也設置了同樣的路障。

荷蘭的天空原本就低。河堤下仰望，堤與天幾乎相連。如今再立起路障，路障的灰色鐵條，就像硬頂著黑鴉鴉的雲，不讓往下掉，氣氛特別的壓抑，還有一絲恐怖的感覺。

這一日，立在窗前，河水就像電影戰爭片裡的進攻部隊，幾個師的士兵密不間隙，慢慢的往河兩側堤防的方向前進。終於，滾滾黃色河水淹至了河堤邊。河對岸

窗外的「鬼頭樹」與吃草的羊群。（針筆速寫）

的一戶畜牧人家，就孤獨的站在水中一片壟起高地之上。

我們家後面，蓋在堤內的約昂與芬珂的家，以及迪庸、麗特的牛舍，因築在墳起的高土地上，直接與河堤相鄰，與外界交通不成問題。渡船路河堤內，離馬士河兩百公尺的區域，住有四戶人家，水已經漫到住家外的道路旁邊，軍情告急。此時，眞有些聽天由命的味道。運氣好，水位不再上漲，便是虛驚一場；運氣不好，數小時之內，水便湧進屋內。擺在門口的一袋袋沙包，與一路之隔翻騰著的河水相比，完全不成模樣。

住在考克鎮區域九年，經歷幾次水訊。

第一次聽說馬士河要漲水，是個聖誕節前，當時我們住在考克鎮南邊帕德布魯克住宅區內。效說，「萬一堤決了，水要淹進來的。我們把樓下重要的東西先搬上樓吧！」表情慎重嚴肅。

我對他言聽計從，兩人很努力的搬了十分鐘書。再一看，樓下滿客廳的音響、電視、沙發，和鋪設的地毯，洩氣的癱在沙發椅上。搬，怎麼搬？算了，水淹了再說。

那次是荷蘭五十年以來，馬士河氾濫最厲害的一次。河水漲到考克鎮堤防邊，高度離堤面剩一公尺而已。河對岸的密德拉鎮（Middelaar）全浸了水。考克區的卡特懷克村（Katwijk）發現有部分堤土鬆軟了。通往聖・安哈塔村的堤邊道路封鎖，村裡渡船路的幾戶人家全遭了水淹。幸好，政府事先做好因應對策，把林伯省沿河畜牧人家的牛羊全數遷移。否則損失更不堪設想。

雖然，淹水可怕，但對於我們在考克鎮南區的住家而言，實在是庸人自擾。因爲那時還不了解馬士河的水性，以及荷蘭的堤防工程，才會緊張過度。

第二年，聽說馬士河又要漲水。荷蘭人不以爲意，五十年一見的水患已過，這次必定只是習以爲常的例行漲水，水的高度應該只會點到爲止吧！

誰知終歸人算不如天算，這次馬士河的漲水，竟是一次更嚴重的水災，水淹沒的範圍與高度，超過了前一年。這是百年不曾發生的現象。

兩次高水位，以及年年馬士河的漲水，讓考克區政府提高了警戒心，水力公司也有了琢磨。於是，前幾年卡特懷克村、聖・安哈塔村的河堤全部進行整修，加厚加固。考克鎮中心，穿過堤防的隧道，二〇〇三年也摒棄了原本擋水的木欄柵，改

馬士河水退，河灘草地的水跡卻結成了一層薄冰，形成天然的溜冰場。（原子筆，彩色筆）

修建成一堵鋼鐵製造的柵門，形成銅牆鐵壁的陣勢。

住在水災區的邊緣，得以仔細觀察水患，得出結論，住家一定得選擇淹水不能及的安全地帶。當年，我們看中考克鎮大教堂河對岸的一幢房子，視爲「夢想之屋」，因爲風景絕佳，特別是夜晚，從房內觀看大教堂的金黃燈火，和河水中的閃閃倒影，宛如仙界。但，待效與我站在河堤這岸望見那屋子浸泡在河水之中，僅露出紅色的屋瓦，頓時恍然什麼叫做「理想與現實」的差距了。

二〇〇〇年，當我們因樓上一扇窗戶外馬士河的風景，而看中聖・安哈塔村修道院路三號臨河堤而立的房子時，最重要的問題之一自然是詢問淹不淹水？

屋主誠實的回答：「馬士河漲水時，房屋從沒淹過水。唯有上兩次最大水災過後，馬士河退水時，地下室積了一些水。猜測是地形的影響。用抽水機把水抽到路邊的下水道就沒事了。」難怪，地下室以角鋼材料搭設盛物架，最底下一層置物板離地面約五十公分高。

房屋不淹水，我們最深的顧慮不存在，方才進一步考慮購置。

二〇〇一年四月底，搬進聖・安哈塔村修道院路三號。

二〇〇二年三月初，馬士河漲水。效與我兩人，每日觀察水位，同時檢查地下室。果然水漲至河堤邊，也不見地下室有水跡，心中稱幸。水漲數日，效反倒發現貯藏室中間凹下地面兩公尺多的汽車底盤檢修道湧出水來，目測大約十多公分深吧！

兩人蹲看檢修道的積水，慶幸沒利用它做爲貯藏空間。效說：「若積水不退，我們可以養魚，上面鋪設能夠踩踏的透明玻璃，並裝上照明燈。」我眼前馬上呈現了室內水族箱的景像，挺美的。

馬士河漲水的時候，效與我特別喜歡坐在樓上工作室天窗前的高腳凳上，透過大窗觀察各種水的光景：

當水淹沒河周圍牧草至兩岸堤防邊時，那河水浩蕩宛如大海，猶若直沒入荷德兩國交界的丘陵地，一片水鄉澤國的景致，壯觀極了。往來的貨船在水面上航行，因水位的上升，船隻變得特別龐大，馬達的聲音也清晰了起來。當黑色的大貨櫃船經過時，就像一隻隻大黑鯨魚從眼前游過。

晚上，對岸的燈火，以及遠遠河灣處考克鎮中心的大教堂在燈光照明之下，全都在水中留下長長波動的黃色燈影，總會讓我聯想起梵谷（Van Goch）《隆河之夜》

馬士河水退，河邊牧場綿延成數里長的溜冰場，小孩子們高興地在上面溜冰、打曲棍球。（攝影）

油畫中的倒影。

水漸漲及水漸退之際，因地面高低不平，牧草逐漸隱沒或露出於水中央，形成大大小小分散的小島，構成隨時變動的圖案。這時，空中便響起了熱鬧的鳥叫聲。不久，看見成群結隊飛來的黑烏鴉、花麻雀、白色海鷗，停落在草地間覓食，或站立在草邊的淺水區裡洗浴、嬉戲。如此隨著牧草的隱顯，鷗鳥遷徙覓食，幾千上萬黑色、白色的鳥群，就不斷的在眼前飛起飛落。

等馬士河水退回原位，堤防延伸至河岸重新呈現一片青綠草場，不見任何水痕，也不見堆積的淤泥和穢物，黃色的河水竟是如此清潔。

河水退了，家中貯藏間修車道的積水也跟著消失，水族箱的世界只是夢中幻境。地下室，除了鋪設的紅色磚塊顯出水濕的顏色，沒有積水。但是這些水色，讓地下室變得溼氣濃厚。我們爲此購買了一部除濕機抽除水氣，每兩日也可抽出一公升水。連續數周除濕，地下室才逐漸乾燥。

去年，二〇〇二年三月的馬士河氾濫，因時値春天，可稱之爲「春汎」吧！

今年，二〇〇三年一月二日，新年剛過後馬士河就開始漲水。寒冬時節，漲水期間飄了一日大雪，河堤、道路、樹枝、屋頂全積上了一層白皚皚的雪花。

我坐在窗前，屋內燒著暖氣，隔著窗玻璃觀賞室外無遠弗屆的粼粼水色和雪景。

意外驚喜，十二隻雪白天鵝忽現眼前，停佇在窗外一百多公尺處，輕鬆舒暢的飄游。這一整日，我的兩隻眼睛隨著牠們左邊游過去、右邊游過來，須臾也沒能捨得離開。心中想著「天鵝與公主」的童話故事，小公主爲了破解巫婆把十二個哥哥變成天鵝的魔咒，不言不語獨坐樹巔，編織給哥哥們的衣裳。這十二隻天鵝是否就是那十二位王子呢？

次日，天空中不時出現一字型、人字型的雁隊，一路嘎嘎鳴叫。飛到窗前開始不成形的飛旋、繞轉，自高上而低下，而後張翅停落在天鵝附近的一片水中淺草地上。

幾千隻黑頸白腹的加拿大雁，就在目視距離之間，停棲在離我不遠處覓食。

我不停的轉換手中的機器，以錄影機、數位相機、長鏡頭相機、傻瓜相機拍攝，也拿望遠鏡觀察，偶爾也做速寫，忙碌極了，生怕錯過任何一個景致。

過一日，加拿大雁轉換了另一處淺水草地，最近眼前的這塊水草地，倒飛來另一批訪客，是大群黃嘴花羽的野鴨，與白天鵝爲伍。

對於這些雁群、鴨類，河堤上的幾十隻綿羊，完全沒有效與我的歡喜激動。牠們仍然自顧自的該吃就吃、該臥下打盹就打盹。只有偶然打來一陣雷電暴雨，牠們才會驚得咩咩直叫，爭先恐後奔往我們家花園籬邊的大樹下，擠做一團的避雨，眼睛裡閃著驚恐的綠光。

河水淹沒一切草地之時，土撥鼠爭著逃難，奮力游離開被水淹沒的地洞，登上堤或爬上樹。雁與鴨則毫不留情的

馬士河上的帆船和牧草地上的綿羊。（鉛筆速寫）

飛離了。天地之間，除了灰黃色的天就是灰黃色的水，靜默而冷肅。

睡夢中，又聞雁聲，知道必定是馬士河開始退水，又呈露出了一些草地。走到窗前一望，果然，水中有草、草中有水，雁啊、鴨呀、海鷗，其他鳥雀全來了，多麼熱鬧！

我舉著錄影機，立定決心要拍攝天鵝振翅與起飛降落的姿勢。每次舉疲了手臂，略一休息，天鵝便開始動作，彷彿刻意與我過不去似的。當日下午，與牙醫有約，效開車回來接我，順便上樓觀幾分鐘鳥。沒想到他一站到窗前，兩隻天鵝便直朝窗戶飛來，由著他拿起錄影機，從從容容捕捉了一雙白天鵝飛落的景像。人各有運，由此不得不認命呢！

就在馬士河退水未盡之際，突然天寒地凍至零下十一度。淹蓋草原的一層河水立刻結凍成冰。望出窗外，景致頓時又是一變，轉化成一層層遠去的銀灰色及乳白色凍原。

土地冰凍了，雁鳥再度消失，孩子們卻來了。

嘰嘰喳喳一陣童聲人語，河堤上多了許多自行車，孩子們穿著厚羽絨夾克，戴著毛線帽、手套，坐在堤畔冰側，套上了冰鞋，在冰上滑溜了起來。一隊矯健的小男孩，提著曲棍桿子，打起了冰上曲棍球。年輕男女來了，雙雙翩舞於冰上。父親、母親來了，教著三、四歲的小兒，初試溜冰的滋味；還有父親把孩子放在雪橇上拉著，一圈又一圈快速的旋轉。小狗也跟來了，搖著尾巴，在冰上跑來跑去、跌跌撞撞。這片冰場上溜冰最爲安全，完全不必擔心冰裂的掉沉。

不久，河對岸也出現了滑冰的人群。位於中央的馬士河水依舊如昔的流動，頻繁的貨船就在兩大塊溜冰場間穿梭。

我站在窗前，望著遠方的考克鎮大教堂、彎曲的馬士河道，以及河對岸遠處荷蘭、德國邊界的山丘。在這片布景前的河灘草場上，我看過牛羊吃草的規律、看過雁鳥來去的現實與無情、如今則是冬寒溜冰的野趣。我順手找出華爾滋的音樂放上，冰上的人們便在輕柔悠揚的舞曲裡翩翩飛轉，鮮艷的服飾則在灰色的天地之間吐露著色彩的魅力。

除了地面上的變化，我也在這其中被天空雲彩色澤、形狀的變化所迷惑；爲清晨、上午、中午、下午、傍晚不同時段的光影所沉醉。特別是夕陽西落之際，或是彤雲點點，或是一道紅光大筆一揮劃過遠空而去；一霎時，赤紅霞光反映在晶瑩剔透的大塊冰原之上，顯得既瑰麗炫爛又大氣淋漓，似乎還兼帶了一抹好景留不住的愴然淚光。

兩個星期，隨著馬士河水的漲退，我眞的無所事事，只顧得在窗前看山、看水、看船、看鳥、看羊、看雪、看冰、看人。

漲水，淹地、沒屋本是一件悲慘情事，而我卻樂在欣賞它造就的壯麗窗景。閃過如此念頭，不免自責。但是，很快又在觀看自然的奇妙變幻中忘卻了一切。只記得提醒效把地下室地上的酒架和滿架的紅葡萄酒、白葡萄酒移高，置於角鋼架的最上層。

如今，氣溫回暖。牧草上的冰，很快融化了，不久又水去無痕。草地、河水，恢復了舊秩序。而我呢？也重新離開須臾不分的樓上窗台，走回規律的起居注。

明年，馬士河會漲水嗎？

BORIS

馬士河對岸密德拉村的湖光山色，湖、河相通，這是我的「小瑞士」。（攝影）

馬士河上的船

馬士河乃荷蘭第二大河，僅次於萊茵河（Rhine），是荷蘭很重要的一條經濟樞紐。川流不息的航運，替荷蘭的經濟繁榮立下了汗馬功勞。

馬士河，英文叫做Meuse River，荷蘭文則稱其爲Maas。發源於法國朗格勒高原（Plateau de Langres）。大致從南向北而流，經比利時及荷蘭注入北海。全長九百五十公里。在法國境內，她穿過聖米耶勒（St-Mihie）和凡爾登（Verdun）之間的深谷，經沙勒維爾—梅濟耶爾（Charleville-Mezieres）後，蜿蜒穿過阿登那地區（Ardennes），在日韋（Givet）進入比利時。隨後向北流至那慕爾（Namur），接納桑布爾河（La Sambre）再向東流往列日（Liege）。流至荷蘭馬斯垂克與比利時馬瑟塞克（Maaseik）之間，形成兩國的自然分界。流過荷蘭芬洛（Venlo）逐漸偏轉，在考克轉了一個大彎由南北向變成了東西向往西流去，降至海平面高度並伸出分流：一支流入荷蘭的迪普出海口（Hollands Diep）流進北海，另一支則匯入萊因河的分支瓦爾河（Waal）之內。

馬士河在阿登那（Ardenne）地區的一段，因爲起伏的地勢，有山有水有谷以及美麗寧靜的小村莊，沿馬士河岸或湖水而行，早成了旅行者熱愛的路線，尤其是夏天，到處可見撐起的帳篷與停駐的旅行車隊。

馬士河在考克轉向，Cuijk名稱源於古羅馬字，即「轉彎」的意思。效與我在考克區聖・安哈塔村的家就座落在馬士河大轉角的邊緣上，家與河之間距離約三百公尺而已。站在樓上窗戶前，馬士河景致毫無阻攔清晰的落入眼底：可以輕鬆的眺望見考克鎮新哥德式雙尖教堂，以及越過教堂之後河流的曲向。

莉亞曾是我們聖・安哈塔家兩戶之隔的鄰居。她的一兒一女都生在村裡，因爲從家中窗戶便可望見馬士河，兒子學說話時，講出的第一個字，既不是爸爸也不是媽媽，居然是「船」。

可不是嗎，馬士河上各式各樣的船多好看呀！有時從窗口遠望不過癮，信步漫走到河邊，身子自然的往岸旁的靠椅上一坐，雙手放鬆的往椅背上一搭，優哉游哉的欣賞船行的趣味，空氣中飄盪過來青草與野花的淡淡香氣，偶然也夾雜著農村才

從畫室天窗遙望夜空下考克鎮中心的燈光及馬士河掩映的倒影。（粉彩畫）

會有的牛羊氣味。

我們家屋後的馬士河平時看起來不寬，目測約五、六十公尺寬罷了，卻相當深。有時從窗口望去，甚至會錯覺船是在草地上行走。可是漲水時，河水向兩岸延擴，一直漫到河堤邊，河面就寬廣得像是一片大湖，船在水中行走，要依靠定點的紅色警標來保持正確的航行。這時，平日看來巨大的船隻就顯得渺小了起來。家對岸的農莊孤立在洪水中央，無助的抗拒著風雨水患。

莉亞說，她小時候常和其他孩子們在河邊嬉戲，也在河裡游泳。一回，她與另一個女孩沿著河畔散步玩耍，掉進河裡，那女孩不幸被淹沒了，她運氣好，遇到行經的貨船被打撈了起來。但，從此恐水，直到結婚生子，孩子略大時，鬧著非要母親學游泳，一家人才玩得有趣。莉亞拗不過一家大小的懇請，經過心理醫生的長期幫助，終於重新下水學會了游泳。可是，至今她只要一超出兩星期不下水，恐水的問題立刻重新出現。

唉！說穿了，在某種程度上人類實在無法「人定勝天」，還是得認命順服自然的，不是嗎？

馬士河上最常見的船，自然是運載貨物的貨船了。貨船的噸位有大有小，大貨船眞是龐然大物，駛在河上就像一隻巨大的鯨魚漂游過去，船頭激起的白色水花又高又大，有時甚至會濺噴到岸邊的人身上；船尾留下的水波震盪的幅度也特別寬廣厲害，水波急拍岸邊石頭，發出一重接一重的浪花起落聲，船隻明明已去數百公尺，這兒仍然餘波盪漾。

小貨船運載貨物航行河上，貨重船吃水極深，常會有種錯覺河水將漫過船身，因而生出不必要的擔心。

貨船裝載的貨物五花八門，有的運載沙石、煤炭，有的運送集裝箱，有的裝的是瓦斯，有的是石油，還有的則運輸汽車……。運輸瓦斯和石油的貨船，布置了特殊淡灰色鋁合金的管道和圓頂蓋貯油箱，造型非常現代而好看。運送集裝箱或是汽車的大貨船，因爲貨品堆積得高，船家會把控制台往上升高，高高坐在控制室內透過玻璃窗注視航線，駕駛的神情特別氣派。

貨船前方，常常會架設一台起重機，幫助運輸貨物的裝卸。控制台設在船尾，頂上裝置天線及接收器。供船家起居使用的艙房，前三分之一位於控制室下方，兩

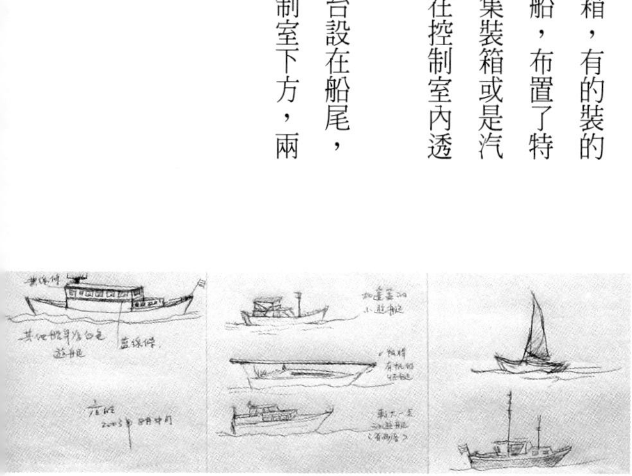

馬士河上來來往往的各種船隻。
（原子筆速寫）

者以樓梯相通；艙房後三分之二頂上為甲板，或是甲板的一部分，多半停放一輛船主的私家汽車，方便停靠陸地後代步。陽光普照的好天氣會看見甲板上懸起晾衣繩，衣服一件件掛在繩上，隨著船身擺動，從吹過來的風中，還能嗅到一絲洗衣粉淡淡的芳香。

船家看似到處航行無所羈絆，其實十分辛苦。夫妻長年水上生活，多數

馬士河上貨船頻繁，我喜歡算貨櫃的箱數和看箱上打印的名稱，猜測貨物的內容。（攝影）

人家孩子四歲後就離別父母，被送到國際船隻學校住宿學習；否則便是母親陸地居家，爲孩子受教育做伴讀，夫妻宛如牛郎織女兩頭牽掛。全家人整年聚少離多，卻也無可奈何。

有些船家會把貨船油漆上自己喜歡的顏色，紅的、白的、黃的或藍的，也有兩種、三種顏色相間。船沿可以讀出船的名稱，多半以船主的來處爲名。船頭最前端直豎短旗桿，披掛各自設計的小幅船旗；船身最尾端尖翹處往外向上斜豎一旗桿，國旗招展。這些細節使得看船更增許多趣味。

貨船基本上利用白天航行，星期一至星期五工作日，日間幾乎每隔十幾分鐘便看見一艘船行經。樓上工作室窗戶爲雙層玻璃，隔音效果好，打開窗子方能聽見船隻行駛的馬達聲。偶然，黑夜中有趕路的夜船，船頭閃著綠燈，船尾點著紅燈，船艙則點亮著黃色溫暖的電燈，在水上緩緩滑行而過，給馬士河增添了不少旖旎的夜色。天才初亮，披衣起床欣賞水面飄浮的茫茫霧氣，偶爾在朦朧的白霧中看見一艘貨船若隱若現，彷彿夢境。

周末貨船不似平日頻繁，一小時只有幾艘而已。但，溫暖、陽光明媚的周末，

我家附近有三艘挖沙船，長年累月挖出兩個很大的湖泊，與馬士河相通，成為水上運動中心。（攝影）

屋後的馬士河則搖身一變成了各種遊船的水上樂園。暑期，各式各樣的遊船便毫不謙讓的與貨船爭奪水面了。長駐的幾隻白天鵝，早已練就一身不怕人、船的功夫，不論貨船多麼龐大，不管遊船駛得多麼瘋狂，牠們依舊按著自己的意思優哉游哉的在河上昂首遊走，只是略爲閃避一些，較貼近河畔罷了！

遊艇，以各種不同形狀、不同尺寸、不同顏色呈現，在河上穿梭。船尾飄揚的國旗除了荷蘭國旗，還有不少德國、法國和比利時國旗。許多歐洲人喜歡駕船度假。不少人擁有私人遊艇，一到周末、假期，興沖沖駕上汽車把遊艇拖到河中、湖上，四處遨遊。沒買船的人家，可以租船航行，價錢也不算貴。只要擁有汽車駕照，便有資格駕駛不超過十公尺長的遊艇。

馬士河在考克區修有運河可與周圍幾個湖相通，也能與流經奈梅根城的萊茵河連接起來，水運四通八達，駕著遊艇在荷蘭全國遊歷是很容易的度假方式。考克鎮北面工業區就有一家遊艇製造廠，兼租遊艇。有興趣者還可以先行試航。工廠旁邊的考克港銜接林登村的大湖，擁有遊艇停靠的設施。我們家馬士河對岸密德拉村的帕拉絲摩輪湖（Plasmolen），除了設置遊艇停靠碼頭，還有遊艇俱樂部，會員可使用俱樂部內各項室內運動設施，還有一家商店可以購買與遊艇有關的各種配備與修復零件。當然少不了餐廳，坐在餐廳內享受美食，欣賞湖光水色，眞夠愜意。旅行的遊艇停靠碼頭，一天只需支付十歐元租位金，即可使用碼頭上的衛浴設施。碼頭畔還有一家咖啡廳，我喜歡坐在它的露天雅座裡，喝咖啡、讀小說，或者單是閒坐，反芻自己的幸福感覺。咖啡館兼賣餐食，廚師手藝不錯，價格並不貴。夏天每日營業，秋風一起，樹葉變色、遊船冷清、咖啡館便僅在周末開張，這時節沿湖側散步還眞有幾許蒼涼咧！

汽艇在水上飛馳，有些船尾還拉拖著衝浪的滑水者。熱愛飛快汽艇與衝浪遊戲者，當然是喜歡刺激和冒險的運動型人物囉。這些年輕人加速著馬達，讓汽艇在河面飛躍，還在河心猛轉大圓圈、小圓圈，又呼又喊，河水也因他們的滋擾變得狂亂不安，鼓起大浪向四方濺飛，戲艇者更加得意起來，再添速急行急轉，一副恨不得自己從艇上離心被拋飛入天空的架勢，膽小的我忍不住想看，卻又心中砰砰直跳的爲他們捏一把冷汗。

衝浪者身穿泳衣、腳踩衝浪板，跟隨在飛艇後方十多公尺水面上，雙手執繩由飛艇牽引著往前浮行。初學者，飛艇啓動不過幾十秒，就站立不穩跌入水中了。略有技巧者，可以滑行百來公尺。技術精練者，穩如泰山的屹立於衝浪板上，隨著疾行的飛艇在馬士河上滑行，那曼妙的身影迅速從眼前遠去消逝，又倏忽歸立目前，自在得好生令人羨慕。

帆船揚帆而出，多爲一張帆、兩張帆、三張帆之分。一艘帆船的畫面，風景是我欲乘風歸去的遺世獨立。數十艘帆船的隊伍，則有慶典狂歡的熱鬧。偶然會見到木桅的古典木製帆船，髹著油亮桐油的原木船張起一層一層又一層的白帆，彷彿古老的世紀又航轉了回來，迎我穿入那時間的隧道去一窺端倪。

因爲馬士河在考克區這一帶水域適合駕帆船遊玩，帕拉絲摩輪湖及林登湖邊，便因應而生成立了帆船訓練中心。報名參加訓練的有大人也有兒童，訓練時一律穿戴救生衣。有趣的是大人受訓駕兩帆的帆船，一船數人由教練率領直接由湖上直入馬士河，進行操作練習。效公司同事組織了一次駕帆船活動，學習理論和實際操作，他說好玩得不得了，只可惜活動當天沒風，比賽無法進行，第二日見風起，大爲抱憾。兒童們則是一張小帆的小船訓練。每個小童自行操作一艘小帆船，教練嘴撮口笛指揮，每艘約兩公尺高的小帆船就在湖中進行演練。小帆船僅在湖中嬉戲，張開的帆有紅有白，非常可愛。孩子們學習控制如何用帆來改變航向，也學習掌握速度。聆聽教練號令，十多艘小帆船排列直線前進、或呈橫列並進、或呈圓圈把教練船包圍在中心。孩子們玩得興起，竟高歌了起來，嘹亮的童音唱著歡愉的兒歌，我深信這樣的童年往事值得一生追憶。

獨木舟泛了過來。一個人坐在狹長的船上，奮力划著槳。見到他一人卻清楚絕不孤單，果然不遠處好幾艘獨木舟在後頭努力的追趕。多人划槳的皮筏也會成群來河上湊趣。許多公司舉辦活動，會選擇泛獨木舟或划皮筏的比賽。效工作公司的同仁就曾經相約去划皮筏。早早出去至傍晚回來，整個人濕淋淋的。問，好玩嗎？答，當然好玩！

不單這些船隻，豪華郵輪也打窗前駛過。揚·帆·考克號郵輪（Jan van Cuijk）曾經每星期四開航一回，如今改成不定期航行，乘載預約的遊客往來於考克鎮與芬洛城（Venlo）之間，欣賞馬士河沿岸風光。

老人公寓的負責人喜歡安排老人們乘船郊遊。常常看見船甲板上及船艙中坐著頭髮蒼蒼的老翁老婦，手中一杯紅葡萄酒或白葡萄酒，慢慢的啜飲。

一年有幾回會在有星光的夜晚，聽見馬士河上音樂悠揚。推窗望去，郵輪燈火輝煌，以望遠鏡窺探，杯光酒影，甲板上成雙作對的開著舞會，知道整艘船被包租下來舉行晚會了。這一整夜馬士河上歌舞喧譁談何寂寞？

夏日，除了這些遊船的還有在馬士河畔垂釣的釣魚者。他們各佔河邊的樹蔭，甩出數根釣竿，然後坐下來等候魚兒上鉤。在馬士河釣魚，多使用蠕蟲爲餌。曾問過幾位釣者，我們家後方的馬士河段多魚嗎？答案是肯定的，有的四小時就釣了二十六尾魚，有的一小時得十來隻。後來，注意到德國牌照的汽車特意停到小村來釣魚，可見是釣魚的好地方。河中最常釣獲的是河鯉，也有不少河鰻。地方報報導，有人釣到鱒魚，並有圖片爲證。記得效與我兩年前的六月，曾與朋友持竿到離村南方十多公里處內湖區釣魚，守候數小時毫無斬獲。轉移陣地到烏費菲爾特村（Oeffelt）的馬士河畔，也沒釣到魚。路經魚具商店停車暫借問，哪裡是釣魚的好去處？地點竟是我們家後面的馬士河段。當時我們哈哈大笑，笑自己的捨近求諸遠。於是，尋回村裡，踱到河邊，再次甩出釣竿，等待多時仍無魚兒上鉤，著實懷疑魚具店老闆提供的訊息。後來，方才明白釣魚的時節不對，當時雖然太陽溫煦，可是早春河水依然冷冽，魚兒還躲在河底深處呢！

一些沒被釣魚者利用到的河邊大樹下及草場邊，在陽光燦爛的夏天，會被一些人家佔據。撐開太陽傘，擺上休閒椅，或是在地上鋪就塑膠布、大毛巾。一家幾口人換穿泳裝在河畔戲水、划小吹氣艇，或在草地上放風箏，或坐臥在遮陽傘下閱讀、假寐。中午就地野餐，談天說地，比之法國繪畫大師馬奈（Manet）膾炙人口的著名油畫《野餐》更加自然溫馨。

一日，站在窗前，無意間瞥見馬士河上靠近對岸灌木樹叢處停棲著一艘小船，船上一架「怪手」頻頻探向樹叢。忙舉起望遠鏡瞧個仔細：嘿！居然是一艘剪樹的工作船。第一回見到剪樹船，特別新奇。其實它的形狀可說是具體而微的貨船，有一小控制室控制船的航行，只是少了客艙。船頭放置一台人力操作的怪手，怪手與控制室之間四、五公尺長的深凹空間，怪手取下的樹枝便堆積在裡面。再細看，岸上有個人幫忙砍樹折枝，待堆滿了樹枝，岸上的人往船上一跳，船便開航了。

每年七月第三個星期是有名的奈梅根四天走路節。因近鄰，考克區共襄盛舉，

奈梅根四天走路節期間，考克區共襄盛舉，夜晚在考克鎮新哥德式雙尖教堂邊的馬士河畔施放煙火。（粉彩畫）

也有四日熱鬧。

星期三晚上天黑後，在考克鎮教堂馬士河對岸河灘地施放煙火。從我們家窗戶可清楚看見滿天煙花繚繞。我們也曾「隨大流」散步到河畔坐下觀賞，衝入夜空的火樹銀花同時倒映水面，那種天上景水中花燦美的呼應，已非文字所能描述。

星期五是走路活動的最後一天，被命名爲「考克日」，主要路程便是行經考克鎮，越過浮橋，沿馬士河步行一段，返回終點奈梅根市。

這座臨時的馬士河上浮橋由荷蘭軍隊、德國軍隊分年擔崗搭設。搭橋與拆橋都是考克區的盛事，成千上萬的男女老少星期四下午，湧到考克鎮教堂邊的馬士河畔觀看浮橋的試搭。十多艘軍隊的甲板船浩浩蕩蕩的駛來，並列河上，每張甲板緊緊扣連，打這岸至那岸。測試成功之後浮橋隨即拆除，避免影響航運。這項試搭行動基於安全的考量，因爲次日四、五萬人行經浮橋，由不得發生任何差錯。

星期五清晨，天一微明，停駐於河邊的甲板船隊便悄悄的把浮橋正式安架在馬士河上，等待步行的人潮。九點半之後至下午一時，是健行者行經考克鎮與浮橋的高峰時刻，各國軍隊、尋常百姓摻雜，有些邊唱歌邊動作、有些身穿奇裝異服、有

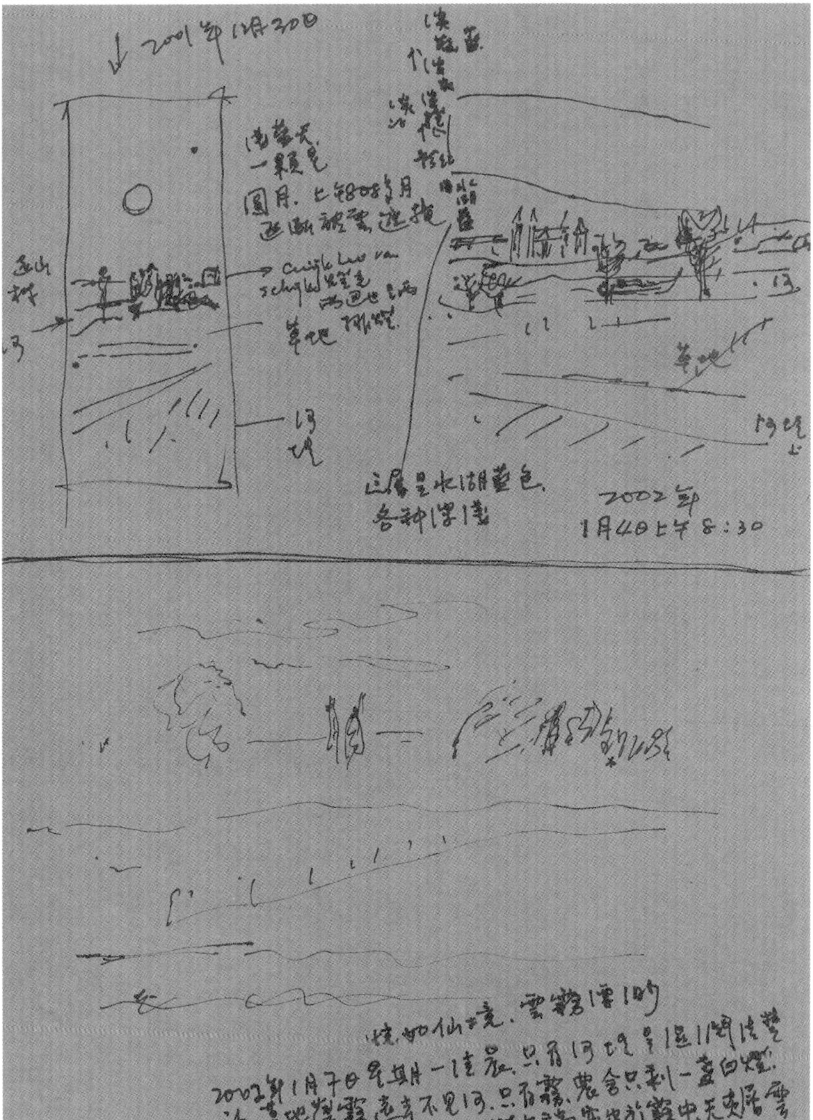

經常在畫室做窗景素描，有時來不及畫出顏色，只好筆記色彩，供做油畫、絲畫時參考。（針筆速寫）

些吹奏樂器、有些已經走跛了腳，紛紛來到。鎮中心馬路兩旁、兩岸河畔、河堤草坡上滿是站著、坐著看熱鬧的人群，拍掌聲連連不斷。貨船暫停靠在甲板船不遠的岸邊，船家們就站在自己的船上欣賞風景。浮橋上除了十公尺寬的人行通道，近船頭那側較高的空間，則留給樂隊坐在上面吹奏激昂的管樂曲。

同時，河上出現了平時難得一見的警察巡邏艇，不停的在附近水面上巡行。

其間搭橋軍隊無事可做，便放下幾艘馬達橡皮艇，分批攜載孩子們在河上繞著玩。我曾混在孩子堆裡，坐過一回馬達橡皮艇。橡皮艇行在馬士河中，觀看浮橋上的行路者、岸邊的人群、紅十字的醫療帳篷、牧草上的牛群、起起落落的幾架直昇飛機，再仰視教堂的新哥德式雙尖塔，河水不斷飛濺在臉上與笑容融化在一塊兒了。

羅馬人佔領考克區時代，曾在馬士河上搭起一座橫跨考克鎮與密德拉村兩岸的橋梁。不知這座橋毀於哪一年代？從此考克與密德拉之間無橋，改以渡船爲交通樞紐，維繫至今。

這是一艘白色的渡船，沿著門在水裡的鐵纜往返於兩岸。每日早晨七時至夜晚

（右）夜晚，考克鎮中心的煙火與馬士河。（攝影）

七時，夏天延至晚間九時，爲兩岸往來的行人、自行車與汽車服務。過單人兩角五分歐元，騎自行車者付五角錢，開車呢？人頭費另算，汽車折收七角五分歐元。渡船沒有駕駛時間表，只要有人便起錨，非常靈活。

渡船的運行，使考克區多了一個旅遊景點。從北邊過來聖．安哈塔村拜訪我們的朋友，有時會捨高速公路，特意搭渡輪過河。而國外朋友前來作客，渡船則是我們必備的觀光航線。看見自己搭的汽車開上渡船過河，多麼新鮮的經驗，何況從考克鎮一過河隨即停車回望，馬士河、考克雙尖教堂、古羅馬遺蹟博物館，以及停靠岸邊的揚．帆．考克郵輪、草地靠椅閒坐幾人、河堤下坡處幾輛自行車、河中游著兩隻天鵝、一隊野鴨、遠處還有貨船的影子、河水彎曲的線條，人文歷史盡在眼前；這方草場幾頭乳牛，一片野花、一戶紅磚瓦房早年曾是渡船人家的住所，向遠望去還有重重山丘，抬頭向上望，藍天無塵、白雲朵朵，田原野趣叫人心曠神怡。典型的歐洲秀麗風光，怎能不拍下幾張照片留念？

聖．安哈塔村渡船路的馬士河畔，許多年前也有渡船航行兩岸。這艘渡船不是用來載客，而是運輸對岸挖掘的陶土。後來，陶業式微，渡船自然失去作用而永遠消失了，僅留下「渡船路」的路名，以及一段越離越遠的歷史故事。

一夜，踏進畫室，點亮長桌上的一盞閱讀燈。昏黃的燈光下，效與我坐在大天窗前的高腳椅子上，低聲聊天並欣賞馬士河上遠處的燈火倒影。忽然，發現玻璃窗反射出閱讀燈盞及模糊的桌影，正因模糊，明明是實體的桌與燈，映在玻璃窗裡卻彷彿變成飄游出室外，飄盪到馬士河上去了，像似一艘點燃著燈光的船。一念之間，我從高腳椅上跳了下來，蹬上長桌，盤起腿來依著燈盞而坐。

因離窗遠，且位置較低，我無法從玻璃窗中望見自己，轉問效：「你從窗玻璃裡看見我了嗎？」

他含笑點頭：「看見了。」

「你瞧，我在馬士河上乘船夜讀呢！」我手中翻開一本書，得意的說，邊略略搖晃著頭與上身，接道：「你要不要也上船來？」

他取了一本書走了過來，在燈另一側的桌上坐下，也盤起腿來。

我們不再言語，河水潺潺的流著，書一頁一頁的翻讀過去，夜深了！

聖・安哈塔修道院的故事

〈附錄〉

大約西元一三〇〇年左右，荷蘭密得拉城旁邊馬士河對岸屬於考克區的土地，經常淹水，人們便在這片地方興建起一座「聖・安哈塔教堂」，祈求她保護這塊大自然的土壤。

一三六五年，十字軍傳教士總院長派遣傳教士約翰納斯・凡・魯蒙德（Johannes van Roermond）掌理這座教堂。迪克・凡・賀能（Dirk van Horne）刻意尋他來做為未成年的楊・凡・考克第五（Jan V van Kuijk）的監護人。這座教堂又被稱為「赦罪之集」（collectieve aflaat），因為她也被使用來做為鼠疫檢疫的醫院。十字軍傳教士得到了教堂周圍的土地，同時在一三七一年修建了修道院。傳教士主要任務是禮拜儀式和日常的祈禱。生活則仰賴周圍「捐贈」給修道院的田產收成。

一四六二年，共十二位十字軍傳教士住在聖・安哈塔，對培養修士的任務上扮演了相當重要的角色。

謠傳，拿騷王朝（Nassau）王子羅德懷克（Lodewijk）和亨得利克（Hendrik）在摩克荒郊（Mookerheide）戰敗，一五七四年隱藏進聖・安哈塔修道院內，直到去世。當然，奧倫治（Oranjes）王家澄清這段歷史，但聖・安哈塔的居民卻寧可信其爲眞。

一五七九年起，聖・安哈塔修道院慘遭戰爭的破壞。一五八〇年，西班牙司令官卡米羅・薩西尼（Camillo Saccini）把教堂和修道院所屬的農莊都拆除了，還將修道院的樹林全數砍伐光，以供建築密德拉城堡（Middelaar）之需。十字軍傳教士們先避難到不遠處的克列福城（Kleef），再轉往附近的赫尼普城（Gennep）。赫尼普一場大火讓傳教士們大部分的財產因此損失殆盡。

一五九六年，在西班牙人首肯之下，菲利浦二世（Philips II）國王批准了一幢位於賀拉福城（Grave）的房子給傳教士們，紓解他們的困窘。無奈，一六〇三年，市長把房屋奪回，傳教士們只好重返赫尼普。在赫尼普，他們設法再度拾回管理考克和其他地區的財產權。

毛瑞斯王子（Prins Maurits）對傳教士很客氣，像他父親一樣寫一些承諾保護的信件給他們。一六一二年，重修聖・安哈塔教堂時，甚至贈送一扇他自己珍愛的彩繪玻璃。但，拿騷王朝管理委員會要求，他們有權在傳教士的考克區土地上開發，同時傳教士每年必須提供一份財產與收入的清單給王子。爲了這些義務的攤派彼此爭執了許久。

一六三五與三六年，烏弗菲爾特村與聖・安哈塔村分別遭到克若阿奇（Kroatische）士兵的洗劫。傳教士及修士因此有兩年時間避居克列福城，僅偶爾回來巡視屬於他們的財產。

一六四五年，修道院吸引進了十一位新修士，每人爲修道院帶來了一千八百荷蘭盾的財產。修道院更開設了一所拉丁學校來增加收入。

一六四八年六月六日，也就是明斯特和平會議（Vrede van Munster）數日之後，在福列德瑞克・亨德利克（Frederik Hendrik）的批准下，德・韓（De Haen）大法官與兩位考克市政官員扣押了聖・安哈塔修道院所有財產。稅務官弗伯特（Verbolt）得到了牲畜、工具與各種收成。

修道院院長強烈抗議，同時傳道士們趕忙把院中的家具和圖書運裝送往赫尼普去了。

七月份，修道院院長與尚未離開的修士們被逮捕，關到賀拉福城長達七星期之久。經過一些富人調解，付押作保才釋放了出來，允許他們在修道院中組織收穫。在收穫過程中，幾個雇工被德・韓大法官虐待，甚至傷到必須找外科醫生治療。十二月時，大法官聽從稅務官的建議，把修道院接收下來以免變成廢墟。

直到王子和他的稅務官過世，情況才得到改善，而且有了明確的決定：自一六五二年開始，聖・安哈塔修道院的二十七名修士每人每年可獲得一百荷盾補貼、修道院在考克的領地可以租用八年或十年，年租金先爲一千二百荷盾，後增至二千四百荷盾。拿騷王朝每年派人檢查修道院，因此有的修士留在院內，有的則求去過到馬士河對岸脫離王朝的控制。後來，修道院與王朝的關係越來越得改善，領地也就繼續不斷的租用下去。

一六五五、五六年，只有聖・安哈塔修道院的傳道士成爲考克附近地區羅馬天主教唯一認可的神職人員。據不同的消息來源，他們每天都在修道院中讀《聖經》做彌撒。

一六七二年，賀拉福城被法國人佔領，對聖・安哈塔修道院是項經濟打擊，有些地方因戰爭去不了、有些土地也不能使用，另外，有些設施又在包圍奈梅根城的情形下被毀壞了。再者，戰爭的各方都紛紛要求供給品、建築材料、金錢，加上幾次毀堤造成各式水災，修道院土地租金付款的時間延誤了。精力充沛的潘能坎普（Penecamp）修道院長經過長年努力奔走，終於得到拿騷王朝同意部分欠債免償。

一七〇二至〇四年，聖・安哈塔修道院又成了法國士兵手下的犧牲品，雖然如此，他們還是得爲盟軍提供各種物資。院長再次遊說把欠債免了一部分。

十八世紀中，在一個能力較差的院長領導下，修道院經濟情況變得糟糕透頂。直到羅弗瑞克（Loverikx）院長時代，方才設法扭轉局勢。

一八〇二年，巴塔佛共和國（Bataafse Republiek）執行官同意，聖・安哈塔修道院在當時四位神父下再增加八個神職人員。

一八一二年一月，拿破崙親自決定：所有巴塔佛共和國的修道院全部關閉，神職人員一律遣散回家。聰明的聖・安哈塔修道院院長設法阻止了這件事，他說租地時至一八一三年底仍然有效。一八一三年二月，法國人把聖・安哈塔修道院所有不動產，包括圖書館圖書與繪畫收藏品都扣押了下來，可是修道院人已有預見，早在他們行動之前把值錢的收藏品先行運走了。這年租地期滿之前拿破崙戰敗，神職人員們終於得以在聖・安哈塔修道院倖存了下來。幾經戰亂，隨著時間的變遷，荷蘭國家民主了、人們自由了、信仰因宗教改革而產生了許多變化。

如今，聖・安哈塔修道院周圍的租地早已不再，拉丁學校沒了，修士也逐漸零落。只剩下毀損後重修的教堂和修士居住的建築，藏書豐富具歷史意義的圖書館，以及一個修葺得非常美麗的幽靜花園。

INK PUBLISHING
文學叢書 062

家住聖・安哈塔村

作　　者　丘彥明
總 編 輯　初安民
責任編輯　張清志
美術編輯　劉亭麟
校　　對　張清志　丘彥明

發 行 人　張書銘
出　　版　INK印刻出版有限公司
台北縣中和市中正路800號13樓之3
電話：02-22281626
傳真：02-22281598
e-mail:ink.book@msa.hinet.net
法律顧問　漢全國際法律事務所
林春金律師

總 經 銷　成陽出版股份有限公司
訂購電話：03-3589000
訂購傳真：03-3581688
http://www.sudu.cc
郵政劃撥　19000691　成陽出版股份有限公司
印　　刷　海王印刷事業股份有限公司

出版日期　2004 年 7 月　初版
ISBN 986-7420-02-0
定價　240元

國家圖書館出版品預行編目資料

家住聖・安哈塔村／丘彥明 著.
－－初版，－－臺北縣中和市：INK印刻，
2004〔民93〕面；　公分（文學叢書；62）

ISBN 986-7420-02-0（平裝）

855　　93009685